SPÄTLESE & EISWEIN 2

Ein E-Mail-Roman, 2. Teil

Eva von Kleist & Milla Dümichen

Bibliografische Informationen

Text: Eva von Kleist und Milla Dümichen
Lektorat: Eva von Kleist
Coverfoto: Eva von Kleist und Milla Dümichen
Grafik: Claudia Blum
Januar 2021

Herstellung und Verlag:
BoD-Books on Demand, Norderstedt
ISBN: **9783752620351**

Vorab:

Sollten, dürfen, können ältere Frauen sich verlieben? Auch im zweiten Teil ihres E-Mail-Romans gehen die Autorinnen, Eva von Kleist und Milla Dümichen, dieser Frage nach.

Ihre Heldinnen Lis (65) und Gabi (72), zwei gestandene Frauen, pflegen einen regen E-Mail-Kontakt. Aller Altersweisheit zum Trotz sind sie selbst ins „Getümmel der Hormone" geraten und bemühen sich nach Kräften, im Kampf zwischen Herz und Verstand den Kopf über Wasser zu halten.

Was bisher geschehen ist: Im ersten Teil des E-Mail-Romans erliegt Lis zunächst dem Charme des attraktiven älteren Geschäftsmannes Bernd, bleibt dann jedoch auf 2400 € für das gemeinsame Wellness-Wochenende sitzen, da Bernd im Laufe des Wochenendes spurlos verschwindet. Lis fühlt sich emotional und finanziell betrogen und vertraut nun auf die Findigkeit des Detektivs Meyer, allerdings mit gemischten Gefühlen. Die Detektei befindet sich nämlich in einem recht schäbigen Gebäude, was Herr Meyer mit seiner samtweichen Stimme jedoch mehr als wettmachen wird.

Die streitlustige Gabi hat sich währenddessen mit einer Einladung zum Kaffeetrinken vergeblich um ihren Nachbarn, den mittellosen Geiger Franz, bemüht, der seinerseits dem Charme der ehemaligen Musikschullehrerin Selma Sonnen-Sittich erlegen ist. Wenn Selma „ihren" Franz besucht, dringt ihr kreischendes Gelächter unüberhörbar aus der nachbarlichen Wohnung, so dass Gabi sich gezwungen sieht, Ohrstöpsel zu tragen oder das Gelächter ihrer erfolgreichen Konkurrentin mit Hilfe des Fernsehers zu übertönen. Natürlich wird Gabi diese Angelegenheit nicht auf sich beruhen lassen und etwas unternehmen. Dass dabei ein verheirateter Mann eine Rolle spielen könnte, hätte die konservative Gabi, die moralisch in der Mitte des 20. Jahrhunderts zu Hause ist, sich selbst in ihren kühnsten Träumen nicht vorstellen können.

Eva von Kleist

2.10.2018

Liebe Lis,

ich habe schon wieder drei Tage nichts von dir gehört. In dieser Zeit wirst du dich hoffentlich von dem beklemmenden Erlebnis im Fahrstuhl erholt haben. Zum Glück bleibt man ja nicht alle Tage im Fahrstuhl stecken, und dir hat dieses Missgeschick immerhin die kurzfristige Bekanntschaft mit dem Besitzer einer wunderbaren Stimme beschert.

Hast du inzwischen wieder Kontakt mit der Detektei Meyer & Söhne aufgenommen? Ich muss gestehen, dass mich das schlechte Gewissen quält, da ich dir den Laden empfohlen habe. Ich hatte nur Gutes über diese Detektei gehört bzw. gelesen und wusste nicht, dass sie so „bescheiden" untergebracht ist. Vielleicht solltest du auf die Dienste der Detektei verzichten und deinen Bernd ins Schattenland der Bedeutungslosen abschieben, die deine kostbare Lebenszeit nicht verdienen. Glaube mir, das funktioniert!

Ich sitze hier gerade bei leichtem Nieselregen, der alles gleichmäßig mit einem feinen Film überzieht, vorzugsweise die Autodächer des gegenüberliegenden Parkplatzes. Die letzten drei Tage zu Hause habe ich zwar ohne meinen hellgelben Teppich verbracht, aber dafür mit gut funktionierenden Ohrstöpseln der Marke Senner. Die Sonnen-Sittich hat nämlich wieder alles gegeben, ihre kreischende Stimme hätte mich ohne die Stöpsel bis vor die Haustür verfolgt. Außerdem hat der Geruch ihres billigen Waschpulvers (sie wäscht Franzens Wäsche, wie ich dir bereits geschrieben habe) das gesamte Treppenhaus kontaminiert: eine sinnliche Katastrophe auf allen Ebenen.

Ich hatte dir ja auch schon berichtet, dass der Franz, damit er kranken- und rentenversichert ist, Medikamente für eine Apotheke ausliefert, und zwar für die Bären-Apotheke im Südviertel, wie ich inzwischen rausgefunden habe. Diese Apotheke gehört seit längerem einem Herrn

Reiche, der mit einer ca. 20 Jahre jüngeren Polin verheiratet ist, einer sehr hübschen Rothaarigen, die früher in der Apotheke kräftig mitgeholfen haben soll, inzwischen dort allerdings nur noch selten zu sehen sei. (Das alles hat mir meine Haushaltshilfe, Frau Knipper, erzählt.).

Also bin ich heute in besagte Apotheke gefahren, nicht nur aus Neugier; ganz nebenbei hatte ich gewaltige Kopfschmerzen — kein Wunder, bei diesen Geräusch- und Geruchsattacken. Die Bären-Apotheke liegt sehr schön, in einer Straße mit vornehmen, dreistöckigen Gebäuden aus der Gründerzeit. Alles wunderbar still, herrlich! Ich habe auch sogleich einen Parkplatz bekommen. Da in der Apotheke kein Licht brannte und auch niemand anwesend war, fürchtete ich schon, meinen Sprit sinnlos verfahren zu haben.

Die Tür ließ sich jedoch öffnen, allerdings, ohne dass eine Türglocke ertönte, und so konnte ich mich in aller Ruhe umschauen. Kein schlechter Laden, schöne Apothekerschränke, viel Holz, ich schätze Esche, aromatisch nach

Bienenwachs duftend, mit fein in Sütterlin bemalten Schildchen, teilweise nicht gut lesbar.

Als ich, in Gedanken versunken, gerade die Bezeichnung „Johanniskraut" entziffert hatte, tippte mir jemand leicht von hinten auf die Schulter. Ich zuckte zusammen, fuhr herum und starrte in das Gesicht eines älteren Herrn. Ja, ich starrte, ich starrte in dunkelblaue Augen, die mich irritiert musterten – übrigens verdammt gute Kontaktlinsen, die Iris mit schwarzem Rand, bestimmt teure Sorte – , mit offenem Mund starrte ich auf Lippen, die offensichtlich Worte artikulierten, gepflegte Zähne sehen ließen und einen leichten Kaffeeduft verströmten, und peinlich berührt wurde mir bewusst, dass ich die Ohrstöpsel nicht herausgenommen hatte und wohl stocktaub auf keinerlei Ansprache reagiert hatte. Ich spürte, wie mir das Blut ins Gesicht schoss, und eilig holte ich das Versäumte nach, wobei mir ein Ohrstöpsel aus der Hand fiel.

„Woher haben Sie die?", wollte ich das Gespräch sachlich wieder aufs Geschäftliche bringen. „Solche mit dieser Farbe habe ich noch nicht gesehen." Dabei wies ich kurz auf die Augen meines Gegenübers und bückte mich gleich darauf, um den Ohrstöpsel zu suchen.

„Von meiner Mutter", ertönte es ohne jedes Zögern.

„Ach", staunte ich, wobei ich mich ruckartig erhob. „Ihre Mutter vertreibt Kontaktlinsen? Und das in ihrem Alter? Erstaunlich, aber auch sehr schön."

In der Miene des älteren Herrn (ich hielt ihn inzwischen für den Apotheker) mischte sich kurz Irritation mit leichter Belustigung, beides machte jedoch sogleich professioneller Höflichkeit Platz: „Haben Sie Ihr Hörgerät inzwischen wiedergefunden? Sonst bitte ich meine Tochter. — Maria, kannst du kurz in den Laden kommen? Die Dame hat ihr Hörgerät verloren. Es scheint hier hinter den Schrank mit den Beruhigungsmitteln gerutscht zu sein."

Sogleich wirbelte eine junge Frau herein, mit fliegenden dunkelblonden Haaren und genau diesen dunkelblauen Augen mit dem schwarzen Rand, und ich fühlte mich wie hundert und hatte nicht das geringste Bedürfnis, den

Sachverhalt aufzuklären. Stattdessen ließ ich mich in einen Sessel plumpsen, der offensichtlich für solche wie mich in der Apotheke bereitstand, und sah der jungen Frau bei ihrer ergebnislosen Suche zu, während ich den Ohrstöpsel, den ich zuvor wiedergefunden hatte, unauffällig in meine Jackentasche gleiten ließ.

„Wenn sich das Gesuchte noch findet, melden wir uns telefonisch bei Ihnen, Frau ... ?", brach der Apotheker die Suche ab. Er hatte sich inzwischen auf den leeren Stuhl rechts neben mich gesetzt und sein Handy hervorgeholt.

„Raingold, Frau Raingold, mit ai", antwortete ich und nannte meine Telefonnummer.

„Raingold, hmm", sinnierte Herr Reiche – inzwischen war ich sicher, dass ich den Besitzer der Apotheke neben mir hatte –, „der Name kommt mir bekannt vor ...", dabei legte er ganz leicht die Hand auf meinen rechten Arm. „Ach, haben Sie mal Musik unterrichtet und ein Faible für das Spiel auf einer Dreiviertel-Geige?"

„Nein, Herr Reiche – richtig, oder? –, ich habe Deutsch unterrichtet, Deutsch und Biologie, und zwar recht lange mit einer Dreiviertel-Stelle. Und ganz nebenbei, Sie sollten Ihr Schild da draußen, auf dem Sie bitten, das Anlehnen der Räder an der Apotheke zu unterlassen, auf Klein- und Großschreibung hin überprüfen." Dabei schoss ich mit einer Geschwindigkeit hoch, die ich mir selbst nicht zugetraut hätte, ließ mir von der verdutzt dreinschauenden Tochter eine Schachtel Dolormin Extra verkaufen und rauschte mit fliegendem Halstuch aus dem Laden. Den Blick des Apothekers spürte ich im Rücken; als ich die Tür öffnete, trafen sich unsere Blicke kurz auf ihrem Rand aus Spiegelglas.

Und jetzt sitze ich hier, vor mir eine Packung Dolormin Extra, und ich weiß, dass ich keinen Fuß mehr in diese Apotheke setzen werde.

Leider ist meine ehemalige Kollegin Sylvia nicht zu erreichen. Sie wohnt im Sauerland; ein Besuch bei ihr hätte mir einen schönen Kurztrip beschert, und der fällt nun leider aus. Das tut meinen Reiseplänen aber keinen Abbruch. Es gibt da so ein nettes Hotel in Schmallenberg mit einem herrlichen Waldblick ...

Den Laptop nehme ich mit. Melde dich!

Deine Gabi

Liebe Gabi,

„dein" Franz leistet sich inzwischen einiges, was? Dass du stinksauer und verärgert bist, verstehe ich ganz gut. Aber musst du gleich vor ihm flüchten? Bei dem Regenwetter? Kein noch so nettes Hotel wird gemütlicher sein als deine schöne Wohnung, wenn auch ohne deinen geliebten Teppich, der jetzt Herrn Koblers Wohnung schmückt.

Waschpulvergeruch kann in der Tat ätzend sein, da gebe ich dir recht. Und sich mit Ohrstöpseln gegen eine kreischende Nachbarin abzuschotten, fänd ich auf Dauer auch sehr lästig. Dieser Druck in den Ohren ist vermutlich sehr unangenehm.

Mich beispielsweise stören zwar keine Ohrstöpsel, umso mehr jedoch meine Hörgeräte. Mir graust es jedes Mal, wenn ich sie länger als eine Stunde tragen muss. Das macht mich ganz wuschelig. Deswegen liegen sie meistens in der Schublade.

Ich hörte vor kurzem von Hörbrillen, bei denen die Hörtechnik in einem sehr kleinen Bauteil mit einem Click-System am Brillenbügel befestigt wird. Das stelle ich mir angenehm und praktisch vor. Aber nach meiner Augen-OP brauche ich die Brille nur noch zum Lesen, und da habe ich am liebsten meine Ruhe. Ich mag nicht einmal Musik beim Lesen. Also nutze ich meine Hörgeräte äußerst selten.

Aber gleich von zu Hause weglaufen ... ? Liebe Gabi, wenn du schon unbedingt Luftveränderung brauchst, komm doch zu mir. Bei uns ist prächtiges Wetter, wie meistens im Oktober, mit viel Sonne und sommerlichen Temperaturen. Es sind allerdings 380 km. Überleg es dir. Ich würde mich riesig freuen ... .

Mir ist gestern etwas Seltsames passiert. Als ich vom Einkaufen nach Hause kam, leuchtete mein Anrufbeantworter, und als ich ihn einschaltete, hörte ich eine schöne vertraute männliche Stimme, die ich sofort erkannte. Die Stimme aus dem Fahrstuhl! Sorry, neben dem Fahrstuhl. Ach, du weiß schon, was ich meine: die Stimme meines Retters! Wenn ich ehrlich sein soll, ich habe mich in die Stimme schon im Fahrstuhl verliebt! Ich kann es dir nicht beschreiben, aber diese Stimme versetzt mich in einen rauschartigen Zustand, dagegen kann ich mich kaum wehren.

Ich habe den Anrufbeantworter dreimal abgehört, ohne auf den Inhalt zu achten, nur wegen der Stimme. Danach musste ich die Ansage noch dreimal anhören, bevor ich ihren Inhalt verstanden habe. Die Stimme fragte mich, warum ich meinen Termin nicht eingehalten hätte. Ich stutzte. Hatte ich einen Termin mit dem Eigentümer dieser verführerischen Stimme? Wann? Wir haben uns doch nicht einmal gesehen. Der Besitzer der Stimme war gegangen, bevor ich vom Rettungsdienst aus dem Fahrstuhl befreit wurde. Erst beim sechsten Mal begriff ich: Der Retter aus dem Fahrstuhl – Pardon, aus dem Flur – musste der Detektiv Hubertus Meyer sein, bei dem ich einen Termin hatte, den ich habe sausen lassen.

Und obwohl ich mir vorgenommen hatte, deinen Rat zu befolgen und mich von der Detektei fernzuhalten, rief ich dort an und bat um einen neuen Termin. Diesmal war er persönlich am Telefon, und wieder sackte mein Herz in die Kniekehlen, so tief und samtweich klang seine Stimme.

Morgen um 15 Uhr ist es soweit. Danach melde ich mich sofort bei dir.

Deine Lis

PS: Warum bist du eigentlich in die Apotheke gefahren? Was wolltest du dort? Hast du gehofft, dort irgendetwas Brisantes über Franz zu erfahren? Dabei kommst du vom Regen in die Traufe; ich merke es daran, wie du für die blauen Augen, die weißen Zähne und sogar für den Duft des Apothekers schwärmst.

Wow! Meintest du nicht, alte Männer stinken? ...

Meine liebe Gabi, muss ich mir Sorgen um dich machen?

4.10.2018

Hallo Lis,

zunächst einmal: Ich bin nicht auf der Flucht, wenn ich mir erlaube, nach drei Monaten zu Hause mal einen Tapetenwechsel vorzunehmen. Da wirst du mir gewiss zustimmen, oder? Außerdem, was hat sich der Franz schon geleistet? Ein dämliches Grinsen an der falschen Stelle, eine ironische Bemerkung, mehr war es eigentlich gar nicht. Der Trottel war doch ich, die sich ins Zeug gelegt hat, weil er so hilflos wirkte. Da hättest du dir Sorgen machen können.

Ich habe den Franz nebst Papagei übrigens heute Nachmittag bei Rewe gesehen, als ich ein paar Kleinigkeiten für meinen Kurzurlaub eingekauft habe. Was ich so sehen konnte: ein Traumpaar! Sie mit Trippelschritten energisch vorneweg, mit Späherblick durch die Obst- und Gemüseabteilung, mit rotlackierten Spitzfingern die schönsten Äpfel

17

aus dem Angebot herausklaubend, zur Nase führend und mit geblähten Nüstern abschnuppernd, dann die Beute eingesackt, Triumphblick nach hinten, zu Franz – und weiter. Franz folgte brav mit dem Einkaufswagen, etwas steif im Kreuz und leicht hinkend, was mir bisher noch gar nicht aufgefallen war. Mit staunend - besorgtem Augenausdruck und geöffnetem Mund, die Haare zauselig wie immer, blickte er umher, als hätte er Räumlichkeiten dieser Art bisher noch nie zu Gesicht bekommen. Vielleicht machte er sich auch Sorgen ums Bezahlen. Ich finde, die beiden haben einander verdient! Ich werde hier übrigens nur noch abgepacktes Obst und Gemüse einkaufen!

Allerdings gebe ich zu, dass ich neugierig war, was die Apotheke angeht. Und der Apotheker? Der hat eine attraktive Frau, die ganz nebenbei 20 Jahre jünger ist.

Und außerdem: Sich mit einem verheirateten Mann einzulassen, ist wirklich das Dümmste, was Frauen anstellen können. Sie sorgen zunächst für Abwechslung in einer ermüdeten Ehe, um danach alleine zurückzubleiben, abgeschoben, selbst schuld und der hämischen Teilnahme ihres Bekanntenkreises sicher.

Nein, nein, alles im grünen Bereich!

Deine Gabi

6.10.2020

Liebe Gabi,

rein computertechnisch sah es bei mir leider in den letzten Tagen nicht grün, sondern schwarz aus, sonst hätte ich dir schon gestern geschrieben. Und so habe ich auch gerade erst deine Mail lesen können.

Der Ärger fing damit an, dass Windows mir ein Update ankündigte, als ich meinen Laptop eingeschaltet habe. Ich wartete natürlich die ganze Zeit auf die Aktualisierung, was ewig gedauert hat. Dann stand auf dem Bildschirm plötzlich alles auf Englisch, und ich verstand nur Bahnhof. *Configuration with power on defaults* konnte ich noch entziffern: Konfiguration mit Einschalteinstellungen. Aber das war das Einzige, was ich übersetzen konnte. Danach schien der Desktop leer zu sein, weder Symbole noch Ordner waren zu sehen. Ich wartete eine Weile, aber es passierte nichts. Dann habe ich einfach geentert; ich weiß, ohne „Enter" läuft nichts, das hat mir mein Enkel erklärt. Schließlich geschah endlich etwas: Der Computer brummte, ging aus und wieder an. Nach dem letzten Neustart blieb der Bildschirm schwarz. Und es ließ sich nicht ändern. Ich konnte keine E-Mail schreiben, mein Online-Spiel „Die Inselfarm" nicht spielen und auch meine unzähligen Fotos nicht mehr anschauen. Ich war so traurig! Dabei hatte mein Enkel, als er meinen Computer mit dem Router verbunden hatte, gesagt: „Keine Angst, Oma. Du kannst nichts falsch machen!" Ich nicht, aber Update! Ich habe im Duden nachgeschaut: Ein Update, aus dem englischen *up* (nach oben) und *date* (Datum) zusammengesetzt, ist eine Aktualisierung, eine Fortschreibung, ein Nachfolgemodell oder eine Verbesserung!

Von wegen Verbesserung! Aber nichts für ungut: Inzwischen funktioniert mein Computer wieder! Mein Enkel hat uns beiden kluge Bemerkungen erspart; sachlich und schnell trennte er den Computer für einige Sekunden vom Netz, dann hat er ihn wieder eingeschaltet. Das Ganze dauerte nur ein paar Minuten! Dafür bekam Manuel 20 € und selbstgebackene Waffeln mit Kirschen und viel Sahne.

„Oma, unsere Welt ist undenkbar ohne Computer", erklärte er mir, während er die vierte Waffel verschlang. „Das ist mittlerweile der Alltag, es gibt kaum noch jemanden, der nicht online einkauft, seine Bankgeschäfte abwickelt oder Urlaubsflüge bucht. Wir sollten dich ein bisschen fitter darin machen." Ich nickte, obwohl, die ganze Digitalisierung lockt mich nur begrenzt. Ich erledige meine Bankgeschäfte noch manuell, gehe zu der netten Dame in meiner Sparkassenfiliale. Bis dahin laufe ich höchstens 15 Minuten, der Spaziergang tut mir gut.

Manuel verabschiedete sich und versprach mir, nächstes Wochenende wiederzukommen, um mit mir einen Computer-Crashkurs zu machen. Ich hoffe, dass er in einer Woche sein Versprechen wieder vergessen hat. Andernfalls werde ich eine Migräne vortäuschen müssen, denn ich habe keine Lust auf komplizierte Sachen.

Morgen habe ich den Termin in der Detektei. Ich bin schon ganz gespannt und hoffe, dass ich heute Nacht gut schlafen kann.

Dir wünsche ich viel Spaß im schönen Schmallenberg.

Deine Lis

PS: Deine Beschreibung des Traumpaars Kobler/Sonnen-Sittich hat mich sehr amüsiert. Etwas in der Art ist mir auch schon häufiger bei Paaren im Supermarkt aufgefallen.

6.10.2018

Liebe Lis,

ich habe soeben deine Mail gelesen und bin froh, dass dein Computer wieder funktioniert.

Ich sitze hier gerade beim Frühstück im Schwarzen Hirschen in Schmallenberg und habe bereits eine heiße Nacht hinter mir.

Aber der Reihe nach: Das Hotel ist ein erstklassiges gediegenes Haus mit gutbürgerlicher Küche, im Empfangsbereich und im Speisesaal sehr edel mit hochwertigen Möbeln im Biedermeier-Stil eingerichtet, gutgeschultes, unaufdringliches Personal ohne Metall im Gesicht, insgesamt eine gute Wahl.

Die Zimmer fallen allerdings aus dem Rahmen. Hier wird ein Generationenwechsel sichtbar. Wie ich hörte, hat die 40-jährige Tochter inzwischen Hotel und Küche von den Eltern übernommen und die Gästezimmer renoviert. In jedem Zimmer dominiert eine bestimmte Farbe. Ich hatte noch die Wahl zwischen dem „Roten Salon" und der „Blauen Lagune". Leider war „Graham Thomas, the Golden Rose", schon belegt. Schade! Also habe ich mich für die „Blaue Lagune" entschieden, im „Roten Salon" hätte ich auf Dauer keine Ruhe gefunden; schon beim ersten Anblick der kräftigen tiefroten Farbtöne stieg mein Puls.

Die „Blaue Lagune" verwöhnt ihre Gäste mit einem Zimmerbrunnen, der sich jedoch abstellen lässt, Gott sei Dank! Ansonsten ist es ein schönes Zimmer, ganz in changierenden Blautönen gehalten. Neben der Balkontür, die einen weiten Blick auf überwiegend grüne Tannen gewährt, lädt ein kleines Tischchen mit einem bequemen Sessel zum Lesen oder Schreiben ein. Darüber sorgt eine gelungene großformatige Kopie des Gemäldes „Badende Kinder am Strand" von Jens Ferdinand Willumsen für Bewegung.

Ich habe erstmal meine Kleidung ordentlich eingeräumt und die grüne Bluse gebügelt. Anschließend habe ich das

Bett hergerichtet (wie du weißt, bringe ich zur Sicherheit immer eigenes Bettzeug mit, auch in erstklassigen Häusern weiß man nie ...) und dabei festgestellt, dass es sich um ein Wasserbett handelte, nicht ganz mein Fall, aber immerhin teilberuhigt. Außerdem war das Bett warm, 28 Grad waren eingestellt, also Hauttemperatur (ich hab's gegoogelt, das ist normal bei Wasserbetten). Ich habe aber vorsorglich 32 Grad eingestellt. Es ist abends doch recht frisch hier draußen.

Dann habe ich mich gemütlich aufs Bett gelegt und ganz entspannt die Schublade des Nachtschränkchens auf- und wieder zugemacht. Und stell dir vor, in dieser Schublade habe ich eine alte Postkarte gefunden. Sie zeigt die Insel Stromboli, eine feurige Insel mit einem Höllenschlund auf dem Gipfel, eine Insel mit schwarzem Sand.

Und während ich so auf dem Bett lag und die unleserliche Schrift auf der Karte zu entziffern suchte, habe mich gefragt, warum ich in der letzten Zeit nicht häufiger verreist bin und wohin ich wohl gerne reisen würde. Dabei bin ich eingeschlafen, weiß Gott, in Rock und Bluse, Zähne nicht geputzt, Haare nicht gelegt, keine Nachtcreme aufgetragen, um vier Stunden später wieder aufzuwachen, völlig verschwitzt, von oben bis unten zerknittert und mit einem irren Traum im Kopf, an den ich mich sehr genau erinnern konnte.

Ich war auf dem Stromboli; oben auf dem Berg wanderte ich über eine relativ ebene Fläche, gemeinsam mit anderen fremden Menschen, die für mich keine Bedeutung hatten. Der Boden schien zunächst angenehm warm, war aber dann doch so heiß, dass ich froh war, Wanderschuhe mit dicken Sohlen zu tragen. Um mich herum keine Vegetation, Dämpfe stiegen auf, alles wirkte so urzeitlich.

Ich war hingerissen, war Teil dieser Welt und fühlte mich belebt und verjüngt. Ich konnte unglaublich gut und schnell gehen, nichts tat weh, ich fühlte mich ganz leicht. Es hat mächtig nach faulen Eiern gestunken, das hat mich jedoch erstaunlicherweise nicht gestört. Ich bin dann mit ziemlichem Tempo an den Rand des Kraters gelaufen und habe hinuntergeblickt in den Höllenschlund, eine feurige Masse, die unten im Krater brodelte und jederzeit ausbrechen konnte. Das war toll!!! – Aber auch sehr heiß!

Danach bin ich mit einer Seilbahn nach unten gefahren, die genauso aussah wie die Seilbahn in Bristen in der Schweiz, landete jedoch auf dem schwarzen Sandstrand der Insel, habe die Schuhe mit den durchgeschmorten Sohlen von den Füßen geschleudert und bin gedankenschnell von einem Felsvorsprung ins dunkelblaue kühle Nass gesprungen.

Im Wasser fiel ich wie ein Stein nach unten, das Meer war an dieser Stelle ganz tief, das Wasser wie Luft, es bot keinen Widerstand, es trug mich nicht, in diesem Wasser konnte ich nicht schwimmen. Konnte ich atmen? Ich wagte nicht, es herauszufinden, ich wusste, dass ich nur einen Versuch hatte, und schweißgebadet bin ich aufgewacht.

Was für ein Traum! Ich war echt fertig und außerdem hatte ich das ebenso hochgelobte wie hochpreisige Abendessen verpasst! Denn inzwischen waren die Zeiger meines Reiseweckers auf 23:33 Uhr vorgerückt.

Die nassgeschwitzte Bluse habe ich kurz mit der Hand durchgewaschen und die Temperatur des Bettes auf Anraten der Rezeption wieder auf 28 Grad eingestellt. Danach habe ich erstmal ausgiebig geduscht, mich bettfertig gemacht und bis heute Morgen glücklicherweise problemlos durchgeschlafen.

Liebe Lis, ich bin gespannt, was dein Treffen mit Detektiv Meyer ergibt. Ich mache mir allerdings Gedanken, weil du wegen der schönen Stimme eines Herrn Meyer deine Pläne änderst und nun doch Nachforschungen anstellen willst, wohin dieser Bernd abgetaucht ist.

Ich möchte dir dringend raten, dich rein auf das Geschäftliche zu konzentrieren! Lass dich von seiner Stimme, und sei sie noch „so tief und samtweich", nicht von deinen eigentlichen Plänen ablenken.

Deine Gabi

7.10.2020

Liebe Gabi,

nachdem Manuel sich gestern verabschiedet hat, habe ich erstmal in Ruhe deine Mail gelesen. Was für ein Traum-Abenteuer! Mir fällt dazu schon das ein oder andere ein, aber ich werde dir meine hobby-psychologischen Deutungen ersparen. Außerdem werde ich in Zukunft einen weiten Bogen um Wasserbetten machen.

Und nun zu meinem Besuch in der Detektei. Schon vorher habe ich mich aufgeregt, weil ich an die brenzlige Geschichte mit dem Fahrstuhl dachte. Dieses Mal habe ich auf seine Dienste verzichtet und bin die Treppe raufgelaufen. Ehrlich gesagt, zog ich mich mehr am Geländer hoch, als dass ich lief. Oben angekommen, war ich außer Atem. Ich blieb einen Moment stehen, tupfte meine verschwitzte Stirn mit dem Taschentuch ab und richtete kurz meine Frisur.

Das Schild „Detektei Meyer & Söhne" hing ein bisschen schief an der Tür, an die ich vorsichtig anklopfte, damit es nicht noch herunterfallen würde.

Liebe Gabi, ich muss ehrlich sagen, ich war sehr enttäuscht: Die Stimme aus dem Fahrstuhl ... Flur ..., du weißt schon, die passt überhaupt nicht zu ihrem Sprecher, einem - Männlein. Herr Meyer mag etwa in meinem Alter sein, ist klein und pummelig, hat kurze graue Haare, dunkle Augen, rosige Wangen und volle Lippen. Wenn ich nur sein Gesicht hinter seinem Arbeitstisch gesehen hätte, - solide und sympathisch. Er hat mich aber im Stehen begrüßt, wie sich das gehört. Ich hätte nicht meine Pumps mit den 10 cm hohen Absätzen anziehen sollen! So schaute ich von oben auf ihn herab! Sicher sagst du, das sollte kein Problem für mich sein; schließlich sei er nur ein Detektiv und nicht mein Partner. Aber ich war so von seiner Stimme inspiriert, dass ich dachte ... . Ach, was dachte ich denn? - Na ja, möglicherweise habe ich gehofft, ein zweites Exemplar von Bernd zu treffen.

So, jetzt ist es raus. Schimpf ruhig mit mir. Aber was soll ich denn machen, wenn ich den Kerl nicht vergessen kann!? Und dieser gemeine Bernd, der mich auf 2400 € für das Wellness-

Wochenende sitzen ließ und mir viele schlaflose Nächte beschert hat, der war mindestens 180 cm groß! Und seine Ausstrahlung! Als ich ihn zum ersten Mal gesehen habe, da knisterte es gleich zwischen uns. Wenn ich an ihn denke, könnte ich gleich wieder heulen. Es hätte so schön mit uns werden können … .

Herr Meyer reichte mir seine warme Hand und bot mir einen Stuhl an, leider einen ziemlich befleckten, der bedauerlicherweise gut zum Rest des Büros passte. Alles sah unordentlich und eingestaubt aus – so wie er selbst. Ein Massivholztisch, der ihm als Arbeitstisch diente, versank unter einem Berg von Mappen, leeren Zigarettenschachteln und Pizzapackungen. Ich ekelte mich davor, mich auf diesen Stuhl zu setzen. Ich legte meinen Schal drauf, zu Hause habe ich ihn gleich in die Waschmaschine geworfen.

Aber dann passierte mir etwas Peinliches, was mir immer noch die Röte ins Gesicht treibt, wenn ich daran denke.

Herr Meyer fragte mich: „Was haben Sie denn auf dem Herzchen? Erzählen Sie."

Diese Stimme, die so liebevoll und so nett klang, hat mich überfordert. Ich brach in Tränen aus und erzählte ihm die ganze Geschichte mit Bernd. Es tat so gut, alles herauszulassen unter dem verständnisvollen Blick meines Gegenübers.

Er stellte eine Familienpackung Papiertücher vor mir hin und schob sie jedes Mal ein Stück näher, wenn ich besonders laut schluchzte. Als ich mich wieder beruhigt hatte, kochte Herr Meyer Kaffee für uns und stellte eine angefangene Schachtel Pralinen auf den Tisch. „Beste Nervennahrung bei Liebeskummer", scherzte er und schob sich gleich eine Praline in den Mund.

Ob er auch Liebeskummer hat?, dachte ich, als er die dritte Praline aus der Packung nahm. Er sah aber unbekümmert aus. Ich nahm mir vorsichtig auch eine und legte sie auf meine Zunge. Es schmeckte himmlisch. Ich hatte mir in den letzten Monaten, nachdem ich Bernd kennengelernt hatte, alle Süßigkeiten verboten, um mein Gewicht zu halten. Ich wollte für ihn attraktiv bleiben. Jetzt ist es mir egal. Bernd ist auf und davon und mit ihm jede Hoffnung auf eine Beziehung. Ich werde für immer allein bleiben.

„Du bist einfach nicht beziehungsfähig", hatte mir Anton vorgeworfen, als er mich damals verlassen hatte. „Du wirst elendig und einsam in einem Altenheim enden." Bei diesem Gedanken flossen wieder Tränen. Anton hat recht gehabt, tuckerte es in meinem Kopf.

Während ich in Selbstmitleid versank, hielt Detektiv Meyer einen Monolog über Beziehungen, die nicht funktionieren würden und die Mann oder Frau ohne Schuldgefühle schnell beenden sollte. Am besten gelänge das, wenn man sich aus den Augen ginge oder gleich ins Ausland zöge. Bei dem Wort „Ausland" wurde ich ganz Ohr: Das war es! Bernd hatte beschlossen, dass unsere Beziehung nicht funktionieren konnte, und war deshalb abgetaucht. Vielleicht saß er in diesem Moment irgendwo in einem Steuerparadies, aß Austern und trank Champagner.

Und wieder landete die Papierpackung ein Stück näher bei mir.

„So eine hübsche Frau! Sie werden noch Ihr Glück finden, glauben Sie mir! Sie müssen sich nur ein bisschen ablenken. Engagieren Sie sich ehrenamtlich, legen Sie sich einen Hund zu oder treffen Sie sich mit anderen Männern. Das wird helfen."

Detektiv Meyer schaute mich mitfühlend an. Ich nahm mir noch eine Praline und überlegte, ob ich mir noch ein Paar Schuhe kaufen sollte, die ich dann zu den 22 vorhandenen Paaren in den Schrank stellen würde. Dieses Mal würde ich mir flache Schuhe aussuchen, kam mir so ganz nebenbei in den Sinn.

Sollte ich mir tatsächlich einen Dackel anschaffen? Ich habe nie ein Tier gehalten, außer ein paar Spinnen im Winter in der Küche. Oder sollte ich mich von jetzt auf gleich auf eine neue Partnersuche einlassen? Ich wollte aber keinen anderen Partner! Und überhaupt: War ich hier eigentlich in einer Detektei oder bei einem Psychologen?

Ich stand auf und ging zum Fenster, das eine verdreckte Glasscheibe hatte. Ich ließ einen Finger über die Fensterbank gleiten, drehte mich zu Herrn Meyer um und zeigte ihm die Staubschicht: „Sie sollten Ihre Putzfrau feuern." Herr Meyer schaute mich überrascht an und seine Wangen wurden rot.

Jetzt schämte ich mich für meinen Gefühlsausbruch und die Tränen. Bernds rätselhaftes Verschwinden ohne einen Abschiedsbrief hatte mich total aus der Bahn geworfen. Und zu allem Überfluss war ich auch noch zickig und unhöflich geworden! Natürlich hatte Herr Meyer recht, ich sollte den Kerl aus dem Kopf kriegen und das Ganze so schnell wie möglich vergessen.

Aber warum war ich dann hier? Ach ja, ich wollte Herrn Meyer beauftragen, Bernd zu suchen. Und das war auch richtig so. Dafür würde ich 200 € Tagessatz zahlen. Oder war das der Stundenlohn?

Ich fragte Herrn Meyer, mit welchen Kosten ich rechnen müsste. Überraschenderweise nannte er mir einen viel niedrigeren Preis, als ich erwartet hatte. Aus Mitleid? Na, wie auch immer, ich hatte mich entschlossen und unterschrieb den Vertrag, den mir Herr Meyer vorlegte. Dort war eine Klausel eingebaut: Wenn der Einsatz im Ausland stattfinden würde, verdoppelte sich die Gage. Vermutete er auch, dass Bernd sich in ein Steuerparadies abgesetzt hätte? Herr Meyer hatte lange in dem Notizbuch gestöbert, das ich ihm gegeben hatte. War er auf irgendetwas gestoßen? Auf jeden Fall werde ich die erbrachte Leistung bezahlen, das versteht sich von selbst.

Bevor ich das Büro verließ, fragte ich Herrn Meyer, ob ich seine Toilette benutzen dürfte. Ich wollte mein Gesicht frisch machen und den Lippenstift nachziehen. Ich vermeide grundsätzlich fremde Toiletten, aber ich mochte nicht mit dem verweinten Gesicht und der verschmierten Wimperntusche nach draußen gehen. In der Toilette befürchtete ich ein ähnliches Chaos wie in seinem Büro. Aber ich war positiv überrascht: ein sauberes Waschbecken und keine gelben Flecken auf der Klobrille und dem Fußboden. Offensichtlich erledigte Herr Meyer seine Notdurft nicht im Stehen. Nicht schlecht, Herr Meyer, lobte ich ihn im Stillen.

Ich dachte an meine Tochter, die ständig über ihre Stehpinkler zu Hause klagt und die Schweinereien stets beseitigt, bevor ihre Putzhilfe kommt. Dafür wird sie von ihrem Mann ausgelacht.

Als ich auf der Straße war, ging es mir besser und ich verspürte Lust, shoppen zu gehen und mir das 23ste Paar Schuhe zu kaufen.

Liebe Gabi, bist du schon wieder zu Hause? Bitte melde dich.

Deine Lis

7.10.2018

Liebe Lis,

als ich deine Mail erhalten habe, war ich sogleich sehr erleichtert. Der Detektiv Meyer scheint ein kleiner netter Pummel zu sein, der dir kostengünstig helfen will, genügend Taschentücher auch für langwierige Heulattacken parat hält und, was am wichtigsten ist, dir höchstwahrscheinlich nicht das Herz brechen wird, denn das lässt sich allein mit einer netten Stimme und einer gutgeputzten Toilette kaum erreichen, wie ich vermute.

Was mich allerdings nachdenklich stimmt, ist die Tatsache, dass er in so einer Kaschemme arbeitet. Er scheint tatsächlich sehr erfolglos zu sein, sonst könnte er sich ein besseres Büro leisten. Aber sein möglicherweise mangelnder Erfolg kann dir im Grunde nicht gefährlich werden. Dein Traummann Bernd wird dann eben nicht grausam entschleiert, und du wirst von einer angenehmen Stimme freundlich besprochen, mit Pralinen verwöhnt, mit Komplimenten und guten Ratschlägen wieder aufgebaut – und das alles für weniger als 200 € am Tag! Glaube mir, ein Psychologe wäre wesentlich teurer und hätte auch keine besseren Ratschläge auf Lager.

Ich hoffe nur, dass dieser Meyer nicht depressiv ist. Er scheint sich nämlich nicht für wichtig zu halten, wenn er sich überwiegend von Pizza ernährt und sich und sein Büro so verwahrlosen lässt. Das macht mir Sorgen. Nicht, dass du noch anfängst, seine Bude zu putzen! Andererseits ist es ihm wenigstens peinlich. Das ist ja immerhin etwas. Ich war nämlich während meines Studiums mal bei einer jungen Frau zu Besuch, die den Boden in ihrer Wohnung komplett mit Laub bedeckt hatte und mir nach zwei Tassen Tee ganz vorsichtig mitteilte, dass ich möglicherweise ganz nett sei, aber doch sehr bürgerlich, wegen der Ordnung in meiner Wohnung.

Womit wir beim Thema wären: Ich werde morgen wieder nach Hause fahren. Der neue Teppich wird schon übermorgen geliefert, zwei Tage früher, als ich angenommen habe. Das macht aber nichts, denn ich habe zwar nicht mehr so wirres Zeug geträumt, aber auf Anhieb fand ich hier keine sonderlich interessanten Gesprächspartner. Außerdem reicht mir eine weitere Nacht in diesem Wasserbett.

Ich melde mich dann später bei dir.

Bis dann!

Deine Gabi

PS: Ich bin gespannt von dir und dem netten Meyerlein zu hören.

8.10.2018

Liebe Gabi,

ich möchte dich gleich beruhigen. Ich habe nicht den Eindruck, dass Herr Meyer depressiv ist, trotz seines ungeputzten Büros. Ganz im Gegenteil: Er scheint sehr tüchtig zu sein! Schon am nächsten Tag meldete er mir erste Ergebnisse. Er hat herausgefunden, dass der liebe Bernd in Wirklichkeit nicht Fuchs, sondern Sumpf heißt. Beide Namen sind schön und passend für jemanden, der von der Polizei gesucht wird, wegen Wirtschaftsspionage, und dem ein Prozess droht. Bernds richtiger Name kam mir irgendwie ungewöhnlich und doch bekannt vor. Erst später fiel mir der Thriller „Das Schweigen des Sumpfes" ein, den ich vor kurzem im Fernsehen gesehen habe. In diesem Film geht es um einen Mann, der mit Drogen handelt, korrupt ist und auch vor Gewalt nicht zurückschreckt.

Angesichts dieser neuen Informationen wurde mir mulmig, denn das bedeutete, dass Bernd eindeutig Dreck am Stecken hat und ich an seiner Seite möglicherweise in Lebensgefahr geschwebt habe. Mir schauderte. Das waren die Neuigkeiten, die mich in den letzten Nächten nicht schlafen ließen.

Am nächsten Tag fragte mich Herr Meyer, ob wir die ganze Angelegenheit nicht auf sich beruhen lassen sollten, weil es auch ihm irgendwie gefährlich erschien. Sollten wir, war mein erster Gedanke. Doch plötzlich verspürte ich Lust, der Sache auf den Grund zu gehen. Ich wunderte mich allerdings darüber, dass mich die Polizei noch nicht vernommen hatte. Dazu meinte Detektiv Meyer, Bernd wäre unter falschem Namen mit mir im Hotel in St. Peter-Ording gewesen. Was nicht bedeuten muss, dass die Polizei das nicht in ein paar Tagen herausfinden wird.

Grundsätzlich muss ich feststellen: Deine Empfehlung der Detektei war brillant. Glaube mir, liebe Gabi, ich freue mich, Herrn Meyer an meiner Seite zu haben. Ganz ehrlich, er beruhigt mich, indem er mir seine rechtliche Unterstützung verspricht: Er hat nämlich Jura studiert und kennt sich mit unseren Gesetzen bestens aus.

Nur warum arbeitet er als Detektiv? Wie du auch schon vermutet hast, scheint er nicht besonders erfolgreich zu sein, sonst könnte er sich ein besseres Büro leisten. Wahrscheinlich wird er nur von eifersüchtigen Ehefrauen engagiert, die Ehebruch vermuten. Beschatten, fotografieren, Beweise vorlegen. Kann man davon leben? Zumal er doch recht preiswert ist.

Beschatten und fotografieren kann ich auch, dachte ich.

„Bis die Polizei mich identifiziert und unter Beobachtung stellt oder vielleicht sogar verhaftet, wer weiß, möchte ich, dass wir weiter ermitteln", sagte ich dem Detektiv und schaute ihm fest in die Augen.

„Was genau meinen Sie?", fragte Herr Meyer besorgt.

„Wir sollten das Haus von Bernd überwachen, mit einer Kamera zum Beispiel. Wir könnten sehen, ob Bernd nicht doch ab und zu sein Haus betritt, vielleicht mitten in der Nacht. Wenn er auf der Flucht ist, dann braucht er doch sicher Kleidung zum Wechseln. Oder irgendwelche Unterlagen."

Ich habe zu viele Krimis gelesen, wirst du mir unterstellen. Das ist wahr, ich liebe Krimis, besonders, wenn eine Frau Kriminalistin oder Detektivin ist. Wie Miss Fisher zum Beispiel. Hast du diese australische Krimiserie gesehen, Gabi? Miss Fisher ist eine Frau, die sich nicht nur geschmackvoll und elegant kleidet, sie zeigt vor allem den Männern, wie man Morde stilvoll löst.

Also, kurz gesagt, überredete ich Herrn Meyer, in Bernds Garten eine Kamera zu installieren, um ihm damit auf die Schliche zu kommen.

„Wie stellen Sie sich das vor?" Herr Meyer war von meiner regen Fantasie richtig ins Schwitzen gekommen.

„Nun ja, die Kamera muss wasserdicht sein, sie muss die Aktivitäten im Bereich des Hauseingangs festhalten und sie sollte abends oder besser nachts installiert werden. Wir können das schon heute Nacht durchführen. Ich werde gleich die Kamera besorgen."

Ich redete schnell und versuchte überzeugend zu klingen, bevor Herr Meyer mich unterbrach:

„Wir? Wer wären wir?"

„Sie und ich."

Herr Meyer lächelte müde: „Sie, meine liebe Dame, unternehmen gar nichts. Wenn überhaupt, dann werde ich diese Aktion mit meinem Partner durchführen."

„Mit welchem Partner?", fragte ich erstaunt. Bis jetzt hatte ich keinen Menschen in seinem Büro gesehen.

„Haben Sie das Schild an meiner Tür richtig gelesen? Dort steht eindeutig: „Detektei Meyer & Söhne."

Ich war richtig enttäuscht, ich wollte doch dabei sein! Aber Herr Meyer wies auf die Risiken hin, die sowohl juristischer als auch körperlicher Art sein könnten. Dabei untermauerte er seine Überlegungen mit juristischen Fachbegriffen, ich verstand nichts.

„Was heißt das?"

Herr Meyer nahm ein Buch von seinem Tisch, klappte es auf und zitierte: „„Das Betreten eines Grundstücks ohne Befugnis ist Hausfriedensbruch und wird nach § 123 mit einer Freiheitsstrafe bis zu einem Jahr oder mit einer Geldstrafe bestraft.' Damit Sie das mal wissen! Außerdem muss die Kamera recht weit oben angebracht werden, wo sie nicht gleich auffällt und wo sie freie Sicht hat. Das erfordert handwerkliche Fähigkeiten."

Ich musterte seine nicht gerade sportliche Erscheinung. Herr Meyer versuchte sein kleines Bäuchlein unter meinem kritischen Blick einzuziehen.

„Wie auch immer, mein Sohn wird mich dabei unterstützen."

Ich war so was von enttäuscht! Ich versuchte, noch weiter Druck aufzubauen: Ich war doch die Auftraggeberin.

„Eben darum", folgte seine knappe Antwort.

Auch mein Argument, dass ich oft bei Bernd zu Besuch gewesen sei und mich auf seinem Grundstück auskenne, brachte nichts. Schade! Ich hatte mir schon vorgestellt, wie ich in einem Kleid aus feinster Seide und dazu passendem Hut mit einer kleinen Pistole aus reinem Gold Verbrecher jagte, so wie „Miss Fisher", die legendäre Detektivin aus dem vorigen Jahrhundert.

Zu Hause angekommen, habe ich gleich diesen Brief an dich geschrieben.

Deine abenteuerlustige Lis

9.10.2018

Liebe Lis (Sehr geehrte Miss Fisher),

ich habe gerade deine Mail (Ihren Brief) gelesen. Das ist wirkliche eine unterhaltsame und auch finanziell erfreuliche Vorstellung, dass du (Sie) in einem Seidenkleid – das du (Sie) ja besitzt (besitzen), nebst Hut! – mit einer rein goldenen Pistole hantierst (hantieren) – ich hoffe aus 750er Gold!

Aber trotzdem, liebe Lis, ist mir der unbeirrbare Detektiv als Akteur lieber. Offensichtlich kennt er Verantwortungsgefühl, da er seine Kunden keiner unnötigen Gefahr aussetzt, auch wenn bei diesen der verspätete Spieltrieb ausgebrochen ist. „Räuber und Gendarm für ältere Damen" hat er glücklicherweise nicht im Angebot. Achte bitte darauf, dass du seine Geduld nicht allzu sehr strapazierst. Wenn er müde lächelt, könnte das ein Anzeichen dafür sein, dass du ihm mit deinen Vorstellungen von Teamarbeit auf die Nerven gehst. Also Vorsicht!

Und jetzt zu Kobler & Co. Als ich heute gegen 14:00 Uhr vom Einkaufen nach Hause kam, stand schon das Paket mit dem neuen Teppich vor meiner Etagentür. Da ich es nicht alleine bewegen konnte, habe ich bei dem Franz geklingelt, natürlich ungern, aber was sollte ich machen? Der hat dann auch geöffnet und mir geholfen, nun ja — eine Selbstverständlichkeit, da er meinen alten Teppich hat! Während der Trage- und Verlegeaktion war er wortkarg, abgesehen von „nun ja", „sehr nett" und „passt dann auch" kam nichts. Möglicherweise hatte er keinen Atem für längere Ausführungen, denn ich konnte leider nicht mithelfen, wegen der Knie — du weißt schon.

Nachdem alles erledigt war, klopfte er sich den Staub von den Schultern, holte einmal tief Luft, als wollte er eine längere Rede halten, schaute mich dann ganz entschlossen an und sagte: „Ich habe jetzt leider keine Zeit für einen Kaffee." Ich staunte mit offenem Mund, was mir selten passiert. Dann ging er recht schnell, hielt aber kurz vor der Etagentür noch einmal abrupt an, dreht sich kurz zu mir um und meinte: „Übrigens, schöne Grüße von Herrn Reiche, den kennen Sie jetzt ja auch, er hat Ihr Hörgerät gefunden. Sie möchten es bitte abholen, morgen gegen 17:00 Uhr."

Danach verließ er die Wohnung, wobei ihm die Tür aus der Hand gerutscht sein muss, da sie vernehmlich ins Schloss fiel. Ich schoss gleich hinterher, um ihm einige Hinweise zu angemessenem Verhalten im Treppenhaus mit auf den Weg zu geben. Als ich die Tür öffnete, hörte ich aus Franzens Wohnung das durchdringende Organ von Frau Sonnen-Sittich: „Bärchen, was ist?", und ich habe peinlicherweise einen Lachkrampf bekommen.

Der mit „Bärchen" Titulierte hatte seine Wohnungstür noch nicht ganz erreicht, drehte sich zu mir um und verkündete mit finsterer Miene: „Ich hatte schon lange den Verdacht, dass Sie nicht geräuschempfindlich sind, sondern extrem schwerhörig, extrem selbst für eine Dame

Ihres Alters über 70. Sonst müssten Sie doch den Fernseher nicht immer auf volle Lautstärke drehen. Ganz nebenbei, ich staune über Ihre Affinität zu bestimmten Bezahlsendern."

„Und ich staune ebenfalls, und zwar über Ihre Affinität zu rosafarbenen Flokatiteppichen, grellen Farben, kreischenden Papageien und billigem Waschpulver. Sie sollten eher die Nähe zu wirksamen Deos suchen, auch ganz nebenbei bemerkt, Sie Bärchen, Sie!" Damit drehte ich mich um, schloss die Tür leise hinter mir und musste mich dann erstmal recht lange beruhigen.

Ob ich morgen in die Apotheke fahre? Ich glaube schon. Zumal die Sache mit dem Hörgerät ganz offensichtlich aus der erfunden ist: Da ich keines verloren habe, kann Herr Reiche auch keins gefunden haben. Das ist also überdeutlich ein Vorwand seinerseits, was uns beiden klar ist. Mal etwas Neues. Wir werden sehen.

Heute habe ich auf jeden Fall wieder meinen regelmäßigen Friseurtermin, der wie immer sehr viel Zeit in Anspruch nehmen wird. Außerdem muss ich dringend zur Fußpflege. Das gehört doch einfach dazu, meinst du nicht auch?

Liebe Grüße
von deiner Gabi

09.10.2018

Liebe Gabi,

mein Kriminalabenteuer geht weiter! Gestern Nachmittag rief Herr Meyer an und bat mich noch einmal, den Auftrag zurückzuziehen, er könne ihn nicht ausführen. Auf meine Frage, warum nicht, sagte er mir nur sehr zögerlich, dass sein Sohn zurzeit mit einem wichtigen Auftrag im Ausland sei und erst in gut zwei Wochen zurückkomme. Die Kamera in Bernds Garten anzubringen, das schaffe er nicht allein.

Das ist meine Sternstunde, jubelte ich lautlos. Ich wollte aber nicht so tun, als würde ich ihn unter Druck setzen. Ich fragte ganz unschuldig: „Und wo ist Ihre Sekretärin? Sie haben doch eine, oder? Ich kann mich erinnern, ich hab schon mit ihr gesprochen."

„Sie ist nicht meine Sekretärin, sie ist die Tochter einer Bekannten, der ich mit geringfügiger Beschäftigung eine Chance geben wollte, nachdem sie drei Jahre arbeitslos war."

„Und wo ist sie jetzt?"

„Möchte ich auch gern wissen. Das Letzte, was ich von ihr gehört habe, war, dass sie eine Magenverkleinerungsoperation beantragen wollte."

„Ist sie übergewichtig?"

„Wer sich nur von Pizza und Cola ernährt, braucht sich nicht zu wundern, wenn sie oder er auch so rund wie eine Pizza wird."

Aha, nun wusste ich, woher die vielen leeren Pizza-Verpackungen in seinem Büro stammten! Und ich hatte ihn verdächtigt, sich ungesund zu ernähren.

„Hat sie auch Ihr Büro geputzt?", wollte ich wissen.

„Ja, angeblich. Das Ergebnis haben Sie selbst gesehen."

„Haben Sie sie etwa meinetwegen gefeuert?"

„Nein, nein", beruhigte mich Herr Meyer. „Sie ist einfach nicht mehr gekommen."

„Na, dann haben Sie keine andere Wahl mehr, als mich mit ins Geschäft zu nehmen", triumphierte ich.

„Wovon reden Sie jetzt?"

„Na, von der Kamera-Aktion!"

„Sie lassen wohl nie locker."

Es dauerte noch eine Weile, bis ich Hubertus Meyer überredet hatte, die Aktion mit mir zu versuchen. Ich versprach ihm hoch und heilig, all seine Anweisungen zu befolgen und uns nicht in Gefahr zu bringen. Widerwillig gab er nach.

Gestern Nacht sind wir mit Taschenlampe, Leiter, Kamera und Klebeband bewaffnet in Bernds Garten eingedrungen. Liebe Gabi, ich werde dich gleich beruhigen, ich war nicht im Seidenkleid unterwegs, sondern im Jogginganzug und in Turnschuhen.

Wir haben den Seiteneingang genommen und einen Baum schräg vor der Haustür ausgesucht, der uns passend erschien. Detektiv Meyer stieg die Leiter hoch und ich fixierte sie. Er trug einen schwarzen, enganliegenden Pullover und hatte seine Hosen hochgekrempelt. Und siehe da: muskulöse Waden auf der Leiter direkt vor meinen Augen – ich staunte nicht schlecht. Von wegen, Pummelchen! Außerdem roch Herr Meyer durchaus angenehm. Ich betrachtete seinen Körper von unten und stellte fest, dass sein kompakter Rücken sehr muskulös und keinesfalls fett war, wie ich irrtümlich angenommen hatte. Seine dunklen, mit Silbersträhnen durchzogenen Haare kräuselten sich im Nacken. Ein zärtliches Gefühl überwältigte mich. Am liebsten hätte ich seine Waden gestreichelt oder sogar geküsst. Als ob er das gespürt hätte, drehte er sich in meine Richtung, und ich konnte seine Grübchen sehen. Wollte er mich küssen? Ich war entzückt und lächelte selig, als er plötzlich leise fluchte: „Mist!"

Ich schaute ihn bestürzt an, versuchte mich zu sammeln, aber da war er schon von der Leiter gefallen und hatte mich umgestoßen. Wir landeten in einem Beet aus Rosen, Lavendel und Brennnesseln. Dabei stöhnte er, es war mehr ein Winseln, wie ein kleiner Hund.

„Was haben Sie?", fragte ich.

„Psst, seien Sie still!"

Dabei legte er seine Hand auf meinen Mund. Sie war warm und trocken. Sein Gesicht war irgendwo an meinem Hals gelandet, ich spürte seine heißen Lippen. Ich schloss die Augen. Wir lagen in den Brennnesseln, mein nackter Knöchel brannte wie Feuer, aber ich fühlte mich so gut wie lange nicht, bis ich jäh aus meinem beglückenden Zustand herausgerissen wurde.

„Ist jemand hier?", ertönte eine Frauenstimme wenige Meter von uns entfernt. Diese Stimme kannte ich doch! Sie gehörte Hanna Meier, Bernds Steuerberaterin. Und gerade stand sie in unserer Nähe, und zwar nicht allein! Neben ihr befand sich noch jemand, den ich jedoch nicht erkennen konnte! Ob es Bernd war? Leider blieb diese Person stumm.

„Wahrscheinlich ein Reh, die fressen gerne die Rosen", hörte ich Hanna Meier sagen, und sie gingen in Richtung Haustür. Dann wurde es still.

Dass Menschen bei Gefahr Superkräfte entwickeln, ist allgemein bekannt, aber dass ich so schnell laufen konnte, überraschte mich selbst. In Sekundenschnelle riss ich mich aus Hubertus' Umklammerung und lief weg. Draußen stand mein Auto und - ruckzuck - war ich eingestiegen und verschloss die Türen. Mein Herz raste. Ich schaute abwechselnd von der Haustür zum Busch, wo Hubertus immer noch in der Deckung verharrte. Dann sah ich Frau Meier aus dem Haus kommen und legte mich schnell seitlich auf den Fahrersitz. Ich konnte hören, wie ein Auto wegfuhr. Vorsichtig schaute ich die Straße entlang. Jetzt war sie leer.

Auch von Hubertus keine Spur. Was war mit ihm passiert, hatte er sich womöglich etwas gebrochen oder verstaucht? Erst überredete ich ihn zu dieser gefährlichen Aktion, dann ließ ich ihn im Stich!

Das schlechte Gewissen plagte mich. Also sprang ich wieder ins dunkle Gebüsch, ohne die Taschenlampe anzuschalten, und riskierte einen Hals- und Beinbruch, im wahrsten Sinne des Wortes. Aber das hatte ich mir selbst eingebrockt. Hubertus lag auf dem Rücken und stöhnte leise.

„Helfen Sie mir aufzustehen", bat er mich, als ich mich zu ihm hinunterbückte.

Ich streckte ihm meine Hand entgegen und versuchte ihn hochzuziehen. Leichter gesagt als getan. Dieser Mann war schwer!

„Was haben Sie?"

„Mein Bein. Ich bin von der Leiter gerutscht und hab mir den Fuß verrenkt."

Das fehlte uns noch! Und wir hatten so viel zu tun! Die Kamera musste irgendwann wieder abgebaut werden, damit wir die Fotos auswerten konnten. Wie lange es wohl dauern würde, bis er wieder laufen konnte? Selbst wenn keine OP notwendig würde, musste der Fuß mit einer Schiene oder einem Verband ruhiggestellt werden. Damit kenne ich mich bestens aus. Ich hatte mir mehrfach den Fuß verrenkt, laut meinem Orthopäden eine Bindegewebsschwäche.

„Wir müssen ins Krankenhaus. Kommen Sie, ich fahre Sie."

„Nein, nein. Fahren Sie mich nach Hause."

„Wieso nach Hause? Und wenn es gebrochen ist? Dann muss es sofort operiert werden und geschient", wollte ich ihn überreden.

„Nach Hause", befahl er im Kommandoton und hopste, auf mich gestützt, auf einem Bein zum Auto. Er war schwer, aber ich schwieg tapfer und gab mir alle Mühe.

Liebe Gabi, wie es mit Herrn Meyer weitergeht, kann ich zurzeit noch nicht einmal vermuten. Aber wer A sagt, muss auch B sagen. Ich halte dich auf dem Laufenden.

Deine Abrechnung mit Franz hat mich richtig amüsiert, auch wenn für dich die Situation eventuell nicht so lustig war. Aber ich höre buchstäblich die kreischende Stimme von Frau Sonnen-Sittich: „Bärchen"! und lache mich kaputt.

Mit deiner knackigen Antwort hast du es dir mit den beiden allerdings erstmal verscherzt. Du hast jedoch recht: Die beiden haben sich gesucht und gefunden. Jetzt kann der dürre Papagei den Franz endlich für sich allein haben und nach Lust und Laune betatschen.

Aber was mich am meisten beschäftigt: Wie kommst du aus der Geschichte mit dem Hörgerät wieder heraus?

Deine Lis

PS: Sag mal, Gabi: Hubertus, ist das nicht ein altmodischer Name?

Liebe Lis,

wo bist du denn jetzt wieder reingeraten? Für derartige Kletterpartien sollte man sich keinen Anwärter aufs Altenteil aussuchen, der zwar die Güte selbst ist – ich denke gerade an die Beschäftigung der unzuverlässigen Pizzafreundin – , der aber weder seinen Sohn noch die Leiter im Griff hat. Da nützt ihm offensichtlich auch seine gute Bemuskelung nichts.

Dieser Hubertus wird 100-prozentig ein Pflegefall, falls er es nicht inzwischen schon ist. Solltest du mit ihm was Näheres anfangen, wird er dir als treusorgender Partner immer im Haushalt helfen wollen und dabei permanent von der Leiter fallen. Du weißt sicherlich, dass die meisten Unfälle im Haushalt passieren. Er muss, falls ihr euch näherkommen solltet, auf alle Fälle eine Unfallversicherung abschließen, die auch seine Pflege im Falle eines Unfalls klärt, nicht dass du darauf hängenbleibst.

Immerhin scheint er kein Betrüger zu sein, und damit ist er im Verhältnis zu Bernd eindeutig das kleinere Übel, nicht nur körperlich.

Aber jetzt zu der Nummer mit dem Hörgerät. Es gibt da verschiedene schöne Möglichkeiten: Ich könnte in die Apotheke fahren und einfach behaupten, dass Herr Reiche nicht das richtige gefunden hätte. Dann könnte ich zum Beispiel andeuten, dass ich ein sehr hochpreisiges Hörgerät verloren hätte, das die Putzfrau vielleicht ganz gut gebrauchen konnte. Da muss ich natürlich aufpassen, falls seine Tochter putzt. Das könnte dann Ärger geben.

Ich fahr mal kurz los und melde mich dann wieder.

LG

Gabi

PS: Hat Miss Fisher sich auch immer solche „Leiterspezialisten" ausgesucht?

6 Stunden später:

Inzwischen habe ich mich wieder halbwegs beruhigt, zweifle jedoch immer noch an meinem Verstand. Ich bin also heute gegen 17:00 Uhr zur Apotheke gefahren und stellte fest, dass sie geschlossen hatte. „Mittwochs nur bis 13:00 Uhr geöffnet", las ich verärgert. Das Schild mit dem Rechtschreibfehler, auf dem das Anlehnen der Fahrräder an der Apotheke untersagt wurde, hatte man klugerweise entfernt. Immerhin!

Nun, dann würde ich eben Herrn Reiche privat aufsuchen; wie du weißt, vermeide ich nutzlose Energieverschwendung. Neben dem Eingang zur Apotheke gewährte eine wuchtige doppelflügelige Holztür durch ihre Fenster einen Blick in ein großzügiges Treppenhaus mit einem Fliesenboden im Jugendstil. Es gab nur eine Klingel: REICHE PRIVAT. Nun denn. Was sollte schon passieren?

Aus der Sprechanlage vernahm ich, ohne den Klingelknopf berührt zu haben: „Die Tür ist offen", zweifellos die Stimme von Herrn Reiche. Hatte er mich beobachtet? Tatsächlich, nun entdeckte ich eine kleine Kamera, fast unsichtbar hinter einem Ziergitter oben neben der Tür versteckt. – Frag mal deinen Hubertus, ob das erlaubt ist.

Die Haustür ließ sich problemlos aufdrücken. Die Privatwohnung von Herrn Reiche liegt über der Apotheke, im ersten Stock. Die Etagentür war nur leicht angelehnt, ein angenehmer Geruch nach frisch aufgebrühtem Kaffee verstärkte sich, als Herr Reiche nach meinem vorsichtigen Anklopfen die Tür öffnete und mit undurchdringlicher Miene nach kurzer Begrüßung und knappem „Darf ich?" um meinen Mantel bat, den er sorgfältig über einen breiten Holzbügel hängte, glattstrich und auf einem überdimensionierten Garderobenständer unterbrachte. Dort hing so einiges, was ich jedoch in der Kürze der Zeit nicht genau zu- und einordnen konnte, denn mit einladender Geste und wiederum knappem „Dort hinein" bat Herr Reiche mich in ein großes Esszimmer, an das sich ein weiträumiger Wohnraum anschloss. Das großzügige Raumgefühl in beiden Zimmern wurde durch hohe Decken verstärkt, deren Stuckelemente den verblichenen Charme großbürgerlichen Luxuslebens verströmten. Beide Räume waren zeitlos elegant, aber auch gemütlich eingerichtet, teilweise mit klassischen Designermöbeln.

Der Esstisch war für zwei Personen gedeckt: edles Geschirr, Kaffee und Plätzchen – die teuren Nussplätzchen von der Konditorei Müller, für die ich dort schon häufig angestanden habe (trotz der 3,50€ für 100g).

Ich muss gestehen: Ich war nicht überrascht, nur neugierig, wie es weitergehen würde. Mit freundlichem, nichtssagendem Lächeln setzte ich mich auf den höflich zurechtgerückten Stuhl und wartete ab. – Gute Position, kann ich weiterempfehlen! – Herr Reiche goss den Kaffee ein, setzte sich mir gegenüber und schaute mich konzentriert an, trank einen Schluck, schaute wieder, dann reichte er mir die Plätzchen. „Müller", meinte ich anerkennend und nahm gleich zwei. Er lächelte in sich hinein, stand auf und kam mit einer Kuchenplatte zurück, die er auf dem Esstisch platzierte. Darauf befanden sich, exakt angeordnet, acht Hörgeräte unterschiedlicher Hersteller, du weißt, da kenne ich mich gar nicht aus.

„Welches davon ist Ihres?", wurde ich nun mit maliziösem Lächeln gefragt.

Ich lehnte mich ganz entspannt zurück, setzte eine nachdenkliche Miene auf – perfekt entwickelt für schwierige Elterngespräche vor drohendem Sitzenbleiben. Und dann antwortete ich ganz entspannt: „Das, welches am 1.10. bei Ihnen unter den Schrank mit den Beruhigungsmitteln gerutscht ist." Dabei blickte ich Herrn Reiche, der schräg neben mir stand, von unten ins Gesicht und stellte fest, dass seine Nase frei von Haaren war.

„All diese Hörgeräte sind am 1.10. in meiner Apotheke liegen geblieben", behauptete Herr Reiche ganz ernsthaft, mit prüfendem Gesichtsausdruck auf mich herabblickend.

„Ach wissen Sie", erklärte ich nun, leichtes Bedauern in Stimme und Gesicht, „in meinem Alter will man sich nur noch selektiv erinnern. So genau weiß ich gar nicht mehr, wie es ausgesehen hat. Und außerdem habe ich natürlich längst ein Neues bestellt."

„Liebe Frau Raingold", meinte Herr Reiche daraufhin, „der Trend geht zum Zweitgerät, nicht nur bei Handys, auch bei Hörgeräten, vor allem, weil man diese kleinen Teile sehr leicht verlieren kann. Ich habe einen schönen großen Spiegel in meinem Ankleidezimmer; da wollen wir doch mal sehen, welches der Geräte Ihnen am besten steht."

Ich überlegte kurz. Sofort aufstehen, Mantel schnappen und raus, das war die eine Variante. Aber warum eigentlich? Ich hatte nichts allzu Wertvolles dabei, darum schien es auch nicht zu gehen, dieser Herr Reiche wirkte weder gewalttätig noch wie ein Hungerleider. Außerdem war meine Neugier geweckt. Was würde dieser Mann sich einfallen lassen? Eines war klar: Er hatte Interesse an mir, und das gefiel mir, und zwar außerordentlich.

„Wenn Sie meinen, ...", damit stand ich auf und folgte ihm in besagtes Zimmer. Dabei stellte ich fest, dass die Fußbodenheizung sehr hoch eingestellt war, die Hitze drang durch die Schuhsohlen. „Ich hätte nicht gedacht, dass man unter diesem schönen alten Parkettboden eine Fußbodenheizung verlegen kann."

„Kann man auch nicht, liebe Frau Raingold. Wie kommen Sie darauf?" Dabei drückte er mich sanft in einen Sessel, kniete kurz vor mir, und mit einem halblauten „Ich darf mal kurz ..." hatte er mir den linken Schuh abgestreift. „Tatsächlich, ganz heiße Füße, entweder sehr gute Durchblutung oder falsche Schuhe", kommentierte er fachkundig. „Ziehen Sie am besten die Schuhe kurz aus. Obwohl, das kann ich auch erledigen."

Und damit saß ich, ohne meine Schuhe, in diesem Sessel, und die Idee mit dem plötzlichen Aufstehen und dem Mantel - Schnappen war in weitere Ferne gerückt.

Um den Rest abzukürzen: Bei der anschließenden Anprobe der Hörgeräte entwickelte sich eine solche Hitze im Zimmer, dass wir aus Selbsterhaltungstrieb nach der Anprobe des dritten Hörgerätes sehr schnell unsere Bekleidung loswerden mussten.

Wie es weiterging, muss ich nicht erzählen, es sei dir nur mitgeteilt, dass alles funktioniert hat, allerdings nicht reibungslos. Ich habe dann wortlos das Weite gesucht und mich zuhause sofort ins Bett gelegt, mir die Decke über den Kopf gezogen und wollte erstmal nichts mehr hören und sehen.

Inzwischen geht es wieder.

Liebe Grüße

von deiner Gabi

11.10.2018

Liebe Gabi,

du bist immer wieder für eine Überraschung gut! Ganz ehrlich, dein plötzlicher Sinneswandel wundert mich schon. Fragst du dich nicht sonst immer, was sich gehört? Normalerweise machst du dir doch schon Gedanken, wenn du bei einem fremden Mann abends nach 22:00 Uhr auftauchst.

Weißt du übrigens inzwischen, wie Herr Reiche mit Vornamen heißt, oder seid ihr zu solchen Nebensächlichkeiten gar nicht gekommen? Und nun zum Körperlichen: Ich hatte dich so verstanden, dass dir die Nähe älterer Männer nicht angenehm ist: Sie stinken, nachzulesen in deiner Mail vom 30. August.

Und jetzt? – Du suchst einen älteren Herrn in seiner Wohnung auf, obwohl der Anlass offensichtlich nur vorgetäuscht ist. Du lässt dich auf wortlose Kontaktaufnahme ein, du nimmst gleich zwei Plätzchen, was du mit dem Einwortsatz

„Müller" kommentierst. So kenne ich dich nicht. Vor allem die Bemerkung „Der Trend geht zum Zweit-Hörgerät" hätte dich auf die Barrikaden bringen müssen. Denn als Zweit-Frau erscheinst du mir ungeeignet. (Du hast nicht vergessen: Der Mann ist VERHEIRATET!)

Liegt es an meinen amourösen Geschichten? Oder willst du gar mit dem Apotheker deinen Nachbarn Franz ärgern? Das kann nicht funktionieren, denn Franz zappelt doch jetzt in den Krallen des dürren Papageis und hat weder Zeit noch Luft, um sich zu ärgern.

Immerhin scheint Herr Reiche noch gut in Form zu sein, wenn er so kurz mal vor dir auf die Knie gehen kann. Ich habe an den Vers gedacht: „Halb zog sie ihn, halb sank er hin", und dabei musste ich lachen. – Gut, dass er intakte Knie hat! Viele Männer in seinem Alter sind so fit wie Hausschuhe. Mit seinem raffinierten Vorspiel (deine Schuhe ausziehen!) hat er dich dahin manövriert, wo er dich haben wollte. Immerhin hattet ihr für eure „Begegnung" eine angenehme Umgebung, wobei ich so genau gar nicht wissen will, wo ihr euch „getroffen" habt. In der Besenkammer wird es wohl nicht gewesen sein.

Apropos, wo war denn die attraktive Polin, als ihr „die Hörgeräte anprobiert" habt?

Im Gegensatz zu deinem flotten Herrn Reiche hat Berti anscheinend Skrupel, seine Mandantin näher kennenzulernen, zumal er für sie ihren verschollenen Liebsten suchen soll. Liegt es vielleicht an mir? War ich ihm zu aufdringlich oder zu forsch? Was meinst du, Gabi?

Fragen über Fragen von deiner Lis, die ja bisher leider noch keiner Versuchung nachgeben durfte. Warum wollen meine leidenschaftlichen Träume nicht in Erfüllung gehen? Mein jüngster Traum ist ja nun im wahrsten Sinne von der Leiter gestürzt, und ich sehe mich verpflichtet, ihn einige Tage zu pflegen. Allein schon, um mein Gewissen zu beruhigen, schließlich habe ich ihn zu dieser nächtlichen Fotosafari überredet.

Trotz meiner kritischen Fragen: Ich gönne dir deine Eroberung, vielleicht wird aus euch ein Paar, wer weiß? Ich stelle mir vor, wie schön es sein könnte, mit einem Partner abends schlafen zu gehen und morgens aufzuwachen, Nähe, welcher Art auch immer, zu spüren, gemeinsame Reisen zu planen, über die Familie und den Bekanntenkreis zu sprechen ... Während du dich mit deinem Nachbarn bekriegst und allein auf Reisen gehst, vergeht kostbare Zeit deines Lebens.

Jetzt muss ich Schluss machen, ich habe Berti versprochen, ihn zur Krankengymnastik zu fahren. Wenn ich wieder zu Hause bin, schreibe ich dir alles, was in jener Nacht passierte, nachdem ich mit Berti in den Brennnesseln gelandet war.

Wie du gemerkt haben wirst, habe ich aus Hubertus Berti gemacht, aber erstmal nur für mich. Wie er auf diese Abkürzung reagieren wird, weiß ich nicht. Vielleicht hat er noch einen zweiten Namen, der nicht so blöd klingt wie Hubertus.

Deine Lis

14.10.2018

Liebe Lis,

wie recht du hast mit deinen vorwurfsvollen Fragen! Manchmal ist man dümmer, als die Polizei erlaubt!

Ich hätte dir gar nicht von diesem Faux Pas erzählen sollen. Schlimmstenfalls vermutest du jetzt immer, wenn du mit einem Partner – vielleicht demnächst mit Berti – bei mir auftauchen solltest, dass ich diesen Herren umschwirren und umgurren würde. Eine peinliche, sehr peinliche Vorstellung für mich! Ich werde übrigens niemandem etwas von meinem Fehltritt erzählen und bitte dich auch, alles für dich zu behalten. Ich kann mich ja sonst nirgendwo mehr blicken lassen!

Das muss ich gerade auch gar nicht. Frau Knipper ist nämlich krank, und ich putze selbst. Ich habe mir erst die Fenster vorgenommen und dabei festgestellt, dass Frau

Knipper es mit den Rahmen wohl nicht so genau nimmt. Das geht natürlich nicht. Das werde ich ihr erklären. Das kann sie in ihrer Mietwohnung so machen, aber nicht in meiner Eigentumswohnung. Außerdem habe ich beim Wischen bemerkt, dass für die gute Frau alle Räume rund sind. Auch darüber wird zu reden sein. Jetzt bin ich gerade mit dem Silber-Putzen fertig geworden und habe eine kleine Pause gemacht. Gleich geht es zum Sport und danach bin ich mit einer Bekannten, die ich aus der Volkshochschule kenne, verabredet.

Ich kriege die Tage schon voll, glaube mir. Leider fühlt sich alles gerade sehr novembrig an, obwohl wir noch mitten im Oktober sind. Ich weiß natürlich, woran das liegt, ich bin ja schon volljährig. Ich muss eben für meinen Faux Pas gewaltig bezahlen: für dieses Gefühl von Lebendigkeit bis in die Haarspitzen, für diesen kurzen Zeitraum praller Lebensfülle, für diese Vorstellung, dass es noch verborgene Zimmer gäbe, voller Geheimnisse, für die ich den Schlüssel gefunden hätte, sozusagen durch Zauberei.

Und jetzt zeigt sich die Kehrseite dieser pubertären Glücksmomente, jetzt ist ein Loch in meinem Leben, ein schwarzes Loch, das meine tagtäglichen Vergnügungen auf der einen Seite aufsaugt und auf der anderen wieder ausspuckt – als ödes Einerlei, eigentlich gar nicht wert, dass ich ihm nachgehe. Aber du kennst mich: Ich lasse mich nicht unterkriegen.

Selbstverständlich werde ich die ganze Angelegenheit auf sich beruhen lassen!

Liebe Grüße!

Deine Gabi

PS: Ich kenne den Vornamen von Herrn Reiche übrigens nicht, dazu sind wir nicht gekommen.

Liebe Gabi,

vor kurzem habe ich einen Spruch gelesen: Jede Frau, ungeachtet ihrer Intelligenz, macht manchmal dumme Sachen. Manche machen sie einfach, weil sie nicht wissen, wie sie richtig handeln sollen, andere, um zu sehen, was daraus wird.

Es war doch ein netter Abend mit Herrn Reiche, oder? Was bereust du denn? Die Ursache für deinen „Faux Pas", wie du es im Nachhinein nennst, ist möglicherweise einem Östrogen-Schub geschuldet, oder war es die Rache an Franz? – Es ist doch im Prinzip völlig wurscht.

Haben wir in unserem Alter kein Recht auf Zuneigung? Die Liebe kennt keine Altersgrenze, die Einschränkungen bestehen nur im Kopf und nur bei dem, der sich alt fühlt und meint, dass man mit 70 in ein „Betreutes Wohnen" gehöre.

Wer sollte überhaupt berechtigt sein, uns vorzuschreiben, was richtig und was falsch ist? Ich hatte auch in meinem Leben viele liebe „Freundinnen", die gerne kluge Ratschläge verteilten: „Bist du unglücklich in deiner Ehe – lass dich scheiden", „Bist du zu dick – iss weniger und mach Sport", „Hast du kein Geld – geh arbeiten". Von der Seitenlinie des Spielfelds sind die Lösungen der meisten Probleme offensichtlich sehr einfach. Ausgerechnet eine solche Freundin wurde von ihrem Ehemann regelmäßig verprügelt, aber mir riet sie, Anton für einen Ausrutscher zu verlassen. Das war gemein und nicht ehrlich, weil sie selbst in ihrer Ehe unglücklich war und ihr mein Anton gefiel.

Liebe Gabi, morgen kommt in ARTE ein wunderbarer Film: „Unsere Seelen bei Nacht" mit Jane Fonda und Robert Redford in den Hauptrollen. Du solltest ihn unbedingt anschauen. Es geht um eine verwitwete 70-jährige Frau, die in einer Kleinstadt wohnt. Eines Tages klingelt sie bei ihrem langjährigen, ebenfalls verwitweten Nachbarn und macht ihm einen ungewöhnlichen Vorschlag:

„Möchten Sie nicht ab und zu bei mir übernachten?"

Er starrt sie an, betrachtet sie neugierig. Vorsichtig.

„Sie sagen ja gar nichts. Hat es Ihnen die Sprache verschlagen?", fragt sie.

„Ich glaube, ja."

„Es geht nicht um Sex."

„Das fragte ich mich gerade."

Ich habe geweint über diese zutiefst bewegende Geschichte.

Liebe Gabi, selbstverständlich werde ich deine Geschichte mit dem Apotheker für mich behalten, du hast mein Ehrenwort! Und ich würde bestimmt keine Angst davor haben, dass du Berti umgurren und umschwirren würdest. Ich hätte sogar nichts dagegen, wenn er aus seinem testosteronfreien Tiefschlaf erweckt würde, um endlich zu verstehen, dass ich mit ihm auch so einen Nachmittag verbringen möchte wie du mit dem Apotheker. Aber er kommt einfach nicht in Gänge, der Berti.

Heute Abend schreibe ich dir mehr.

Deine Lis

17.10.2018

Liebe Lis,

du scheinst mich trösten zu wollen, nach dem Motto „Gönn dir mal etwas Gutes". Aber leider geht das nicht so einfach. Dieser Herr mit den dunkelblauen Augen hat mir nicht nur einen netten Nachmittag beschert, sondern mir gezeigt, dass es außer dem alltäglichen Trott noch etwas anderes, etwas Unvorhersehbares gibt, woran ich einfach nicht mehr gewöhnt bin. Es war eben nicht so klar, was da geschehen würde. Alles fühlte sich so lebendig an.

Deswegen funktionieren ja auch die meisten Kontaktbörsen nur schleppend: Da ist nämlich eigentlich von Anfang an immer alles vorhersehbar: Zwei treffen sich und gehen der Frage nach, ob sie sich gefallen. Wie todlangweilig ist das denn? Beide mit der roten Rose im Knopfloch, alles ist absehbar und kostet sogar auch noch Geld!

Außerdem unterstreichst du mit deiner rhetorischen Frage, dass wir (gemeint sind sicherlich die Frauen) in unserem Alter ein Recht auf Zuneigung hätten. Da stimme ich zu, was aber leider nichts nützt. Denn bei wem sollen wir dieses Recht einfordern? Für die Herrenwelt sind wir unsichtbar geworden, der Arbeitsmarkt benötigt uns nicht mehr, Schmuck lässt uns nicht mehr attraktiv, sondern allenfalls begütert erscheinen, weil wir – leider!!! - weder Jane Fonda noch Julie Christie ähneln, sondern nur ganz normale ältere Durchschnittsfrauen sind, mit Hängehals, Doppelkinn, Haarausfall und zusammengedrückten Bandscheiben! Und die seltenen Exemplare attraktiver älterer Herren werden von den zugehörigen Damen mit Argusaugen gehütet.

Doch jetzt Schluss mit dem Rumgeweine! Ich warte immer noch auf deinen Bericht von der ersten Nacht mit Herrn Meyer. Ich bin vor allem gespannt auf deinen Auftritt als Krankenpflegerin, aber genauso auf Bertis Fähigkeiten, tapfer und klaglos sämtliche berufsbedingten Strapazen wegzustecken.

Liebe Grüße auch an Berti!

Deine Gabi

PS: Meiner Meinung nach bist du bei Berti nicht zu forsch oder gar aufdringlich aufgetreten. Manche Männer sind eben sehr zurückhaltend – eine im Grunde löbliche Eigenschaft!

18.10.2018

Liebe Gabi,

ich bin gerade hereingekommen (hab Hubertus zur Krankengymnastik gefahren und danach
abgeholt), habe mir eine Tasse Kaffee gekocht
und mich gleich an meinen Laptop gesetzt, um
dir zu schreiben. Ich schulde dir noch die Geschichte von der ersten Nacht bei Hubertus.

In jener Nacht vor gut einer Woche, als wir in
Bernds Garten eingedrungen sind und Hubertus
sich seinen Fuß verrenkt hat (Gott sei Dank
nicht gebrochen!), brachte ich ihn nach Hause.
Sein Bungalow liegt in einer kleinen Siedlung
etwa 6 km von der Stadt entfernt, wir waren also
recht schnell vor Ort. Dort fischte Hubertus einen Schlüssel aus seiner Jacke und drückte auf
eine Taste, das eiserne Tor öffnete sich automa-
tisch, leicht quietschend, es müsste geölt werden.
Bis zum Haus waren es ungefähr zwanzig Meter,
viel zu weit für jemanden, der einen verrenkten

Fuß hat. Also umklammerte Hubertus meine Schulter und hüpfte den gepflasterten Weg entlang durch stachelige Sträucher, Himbeerranken und Blumenbeete. Kurz vor der Tür gibt es einen Wasserhahn, den Hubertus voll aufdrehte, um seinen geschwollenen Fuß zu kühlen.

Die Haustür ist mit einem elektronischen Schloss und Zahlencode abgesichert. Als Hubertus den Code eintippte, schaute ich diskret zur Seite. Im Flur brannte eine Lampe. Ich begleitete Hubertus ins Wohnzimmer, wo ich ihm auf die Couch half. Er stöhnte. Ich bin in einen von zwei weichen Sesseln hineingeplumpst und atmete erst mal auf. Ich war fix und fertig.

„Wir sollten einen Krankenwagen holen", versuchte ich ihn noch einmal zu überzeugen. Ich war besorgt und wollte keinen Fehler machen.

„Bringen Sie mir bitte Eis aus dem Kühlschrank. Ich muss den Fuß kühlen."

Als ich mit Eis, in ein Küchentuch gewickelt, wieder zurückkam, hielt Hubertus schon ein Cognacglas in der Hand, das andere stellte er für mich auf ein kleines Tischchen.

Ich legte Eis auf seinen Fuß, wickelte eine Decke darum und setzte mich ihm gegenüber. Bevor mir einfiel, dass ich noch nach Hause fahren wollte und keinen Alkohol trinken durfte, hatte ich schon die hellbraune Flüssigkeit in mich hineingekippt. Das tat gut. Auch Schweigen tat gut. Ich beruhigte mich allmählich. Hubertus hatte aufgehört zu stöhnen und war eingeschlafen. Ich lehnte mich zurück, und irgendwann fielen mir auch die Augen zu ...

Als ich aufwachte, war es halbdunkel im Zimmer. Nur aus dem Flur drang ein schwacher Lichtschein herein. Die Wanduhr zeigte drei Uhr dreißig. Ich schaute zu Hubertus, er schlief. Sein Gesicht sah friedlich und schmerzfrei aus. Als ich seinen verbundenen Fuß zudeckte, bemerkte ich mit Erleichterung, dass seine Füße tadellos gepflegt waren. Manchmal können die größten Gefühle an solchen Kleinigkeiten scheitern.

Leise schlich ich ins Badezimmer, schaltete das Licht ein und blickte direkt in mein Spiegelbild. Ist dir auch schon mal aufgefallen, wie gnadenlos eine Badbeleuchtung ist? Auch diese ließ mich aussehen wie eine alte Frau mit welkem Gesicht. Ich wusch mein Gesicht mit kaltem Wasser und rieb es mit einem Gästetuch kräftig ab. Ein Stapel davon lag in einem Körbchen, samtweich in verschiedenen Farben. Ich kämmte mich und zog meine Lippen nach. Danach sah ich ein bisschen besser aus.

Plötzlich musste ich lachen: Ich war doch nicht hier, um mich im Spiegel zu mustern. Im Wohnzimmer lag Hubertus, und ich fragte mich, ob ich nicht leise verschwinden sollte, bevor er aufwachte.

Meine Neugier zwang mich jedoch, die Etiketten der eleganten Gästetücher anzuschauen: „Julie Julsen", (nie gehört!) war dort zu lesen, „besonders flauschig und saugstark." In einem der drei Badschränkchen waren die Pflegeprodukte für den Herrn untergebracht: After Shave, Rasierer, Rasierpinsel, ein Haarschneider. Alles exquisites Design, teure Marken. Donnerwetter!

Ich schlich mich auf Zehenspitzen ins Schlafzimmer, vorher schaute ich nach Hubertus, er schlief tief und friedlich. Er hatte sich mehrere Gläser Cognac genehmigt, der Arme. Gut so, dann konnte ich in aller Ruhe sein Haus inspizieren. Verbotenes zu machen bereitet am meisten Spaß, das weiß doch jedes Kind.

Im Schlafzimmer war ich doch ziemlich überrascht: Dort sah alles nach einem geschmackvoll eingerichteten Liebesnest aus: freundliche Farben, helle Naturmaterialien und klare Formen im skandinavischen Stil, angenehm und harmonisch. Schwere helle Gardinen waren zugezogen, und Strahler beleuchteten das Zimmer. Das Bett war mit kuscheliger Bettwäsche bezogen, ein Korb für Schmutzwäsche diskret in einer Ecke platziert, keine rumliegenden Socken und Hosen. Das hätte ich wirklich nicht erwartet. Verdiente er als Detektiv doch gutes Geld? Oder hatte er geerbt? Vor meiner „Inspektion" hatte ich vermutet, dass sein Haushalt allenfalls Minimalanforderungen entsprechen würde. Hier jedoch war alles stilvoll und teuer eingerichtet, was sich nur ein erfolgreicher Mann leisten kann.

Das hier musste von einer Frau eingerichtet sein, durchzuckte mich ein Gedanke. Wo war sie? Waren sie geschieden oder getrennt? Oder war sie nur verreist? Im Haus hielt sich außer uns niemand auf, ich hatte alle Zimmer durchsucht. Es gab auch kein Bild von einer Frau und keine Familienfotos. Seltsam. Er hat doch einen Sohn.

Aha, sein Arbeitszimmer hatte ich noch nicht gesehen. Vielleicht würde ich dort etwas finden. Ich fand eine verschlossene Zimmertür, wahrscheinlich war das sein Arbeitszimmer. Im Hauswirtschaftsraum standen mehrere Schränke und ein Bügelbrett. Es gab einen Kühlraum mit Weinregalen, ein Gästezimmer, genauso schön eingerichtet wie sein Schlafzimmer, kostspielig und sehr elegant. Du kennst mich, liebe Gabi: Ich bin nicht unbedingt hinter Geld her, aber ich muss zugeben, Geld hat eine erotische Wirkung auf viele Menschen, da schließe ich mich nicht aus.

Im Gästezimmer setzte ich mich aufs Bett und streichelte die kuschelige Decke. Kurz vorm Einschlafen dachte ich noch, dass ich sehr müde war und nach Hause musste. Ich fragte mich auch, warum ich Hubertus diesen eleganten Geschmack nicht zutraute.

Ich wusste es nicht.

Ich wurde wach, weil mir ein angenehmes Kaffee-Aroma um die Nase wehte. Ich öffnete die Augen und sah Hubertus vor meinem Bett, der mir eine Tasse Kaffee entgegenhielt. Mit der anderen Hand stützte er sich auf eine Krücke.

„Gut geschlafen?"

Sein Lächeln beruhigte mich: Gott sei Dank, es konnte doch nicht so schlimm um seinen Fuß stehen, wenn er lachen konnte.

„Mein Hausarzt war schon hier. Er hat mir Krankengymnastik verschrieben. Sie könnten mich zweimal in der Woche dorthin fahren. Natürlich nur, wenn Sie es einrichten können."

Konnte ich.

„In ca. zwei Wochen kommt mein Sohn, dann übernimmt er die Fahrerei."

Das war vor einer guten Woche. Seitdem habe ich ihn regelmäßig zur Krankengymnastik gefahren und eine Stunde später nach Hause gebracht. Heute hat er mir erzählt, dass er Neuigkeiten über Bernd hat.

Bernd? Wer ist Bernd? Du wirst es kaum glauben, liebe Gabi, ich habe in der ganzen Aufregung Bernd total vergessen. Gut, dass ich das nicht ausgesprochen, sondern nur gedacht habe. Aber ganz ehrlich und nur unter uns: Ich wünsche mir, dass wir nichts finden, was die Polizei gegen Bernd verwenden könnte. Soll er doch in seinem Steuerparadies glücklich werden!

Deine Lis

28.10.2018

Liebe Lis,

bemerkenswert, dass dieser Herr Meyer trotz seiner körperlichen Einschränkungen noch so fleißig für dich tätig
ist.

Ich melde mich erst jetzt, denn hier ist nichts Besonderes
geschehen. Ich habe mir gestern, wie schon an den Tagen
zuvor, Plätzchen gekauft, du ahnst es: die Nussplätzchen
der Konditorei Müller, die für 3,50€ pro 100g. Und dann
habe ich es mir so richtig schön gemütlich gemacht: Ich
habe den Tisch mit dem guten Geschirr und dem Silber
gedeckt, die indirekte Beleuchtung eingeschaltet und die
Lichterkette mit den Weihnachtskugeln eingesteckt (eigentlich mache ich das für mich alleine sonst nicht so),
dazu gab es die Nussplätzchen und den guten Kaffee Hag.
Dann habe ich mich aufs Sofa gekuschelt, in die schöne

Decke, die mir mein Kollegium zur Verabschiedung geschenkt hat, und mir Pavarotti gegönnt, „Una furtiva Lagrima" (Eine verstohlene Träne), und dabei habe ich kaum gemerkt, wie es draußen langsam dunkel wurde.

Das mit den Plätzchen merke ich allerdings in meiner Haushaltskasse: Du weißt, dass ich immer alles akribisch aufschreibe. In der letzten Woche habe ich mir doch – weiß Gott – für 47, 90€ Nussplätzchen gekauft. Das sollte ich schon besser im Griff haben – nicht, dass ich es mir nicht leisten könnte –, aber trotzdem. Ich habe auch schon 950 g zugenommen.

Ich bin übrigens nach dem Plätzchenkauf immer an der Bären-Apotheke vorbeigefahren, die liegt nämlich beinahe auf dem Weg. Stell dir vor, da ist seit Tagen alles dunkel. Im ersten Stock, bei Richard (das ist sein Vorname, ich hab's gegoogelt), ist auch nur ein Fenster erleuchtet. Das finde ich seltsam. Leider konnte ich aus dem fahrenden Auto heraus nichts Genaueres erkennen. Da mache ich mir jetzt natürlich Gedanken. Ich finde es auch etwas unlogisch, dass dieser Mann sich erst mit seinen Hörgeräten wer weiß wie ins Zeug legt und dann auf einmal so sang- und klanglos von der Bildfläche verschwindet. Das passt eigentlich nicht zusammen: Was meinst du? Nicht dass ich mir wünschen würde, dass er sich meldet! Nein, nein, das ist schon besser so. Aber ich meine trotzdem, dass da etwas nicht stimmt. Leider kann ich nicht dort anschellen.

(„Guten Tag, was möchten Sie?"

„Ist Herr Reiche nicht im Hause?"

„Schatzi, da ist eine Dame für dich, komm doch mal. Ich weiß auch nicht, was sie will.")

NEIN DANKE!!!!!!!!!

Schade, dass ich den Franz nicht einfach fragen kann, warum die Apotheke geschlossen ist; damit würde ich mir gewiss keine Blöße geben. Zurzeit ist das „Verhältnis" zwischen Franz und mir jedoch, vorsichtig ausgedrückt, nicht existent: Ich vermeide jedes Zusammentreffen. Falls wir uns doch im Treppenhaus begegnen, übersehen wir uns nach Kräften. Das ist auf Dauer natürlich auch kein Zustand: Unnötige Reibungsverluste dieser Art mindern die Lebensqualität und müssen vermieden werden.

Ich denke, ich werde demnächst mal alle Nachbarn im Hause einladen. Normalerweise mache ich das immer vor Weihnachten, zum Weihnachts-Wichteln. Das dauert mir jetzt aber zu lange. Ich mache einfach ein November-Wichteln draus. Wer weiß, vielleicht komme ich dann auch mit Franz irgendwie wieder ins Gespräch.

Ich melde mich.

Liebe Grüße auch an den verletzten Herrn „Berti" Meyer!

Deine Gabi

PS: Ist dieser Detektiv Meyer verheiratet? Das musst du unbedingt in Erfahrung bringen! Falls ja, lass die Finger von ihm, das ist besser für dich!

5.11.2018

Liebe Gabi,

die „Verstohlene Träne" habe ich mir gleich angehört und das drei Mal nacheinander, es passte zu meiner Stimmung.

Seit einer Woche brauche ich Hubertus nicht mehr zur Gymnastik zu fahren, sein Sohn ist wieder da. Drei Tage lang war er nicht erreichbar. Er musste recherchieren, wie er mir mitteilte, und dass er sich melden würde, wenn er so weit wäre.

In dieser Zeit habe ich mich anderweitig beschäftigt, nämlich mit meiner Familie. Es fing damit an, dass meine Tochter mich zum traditionellen Glühwein-Trinken eingeladen hat. Ich mag diesen vorweihnachtlichen Trubel gar nicht, vor allem, wenn im November schon damit angefangen wird. Meine Familie beschenkt sich bei dieser Gelegenheit auch, als könnten alle nicht bis Weihnachten abwarten. Ich halte das alles für überflüssige Geldverschwendung. Außerdem sind die meisten Geschenke albern und unnütz, aber bitte schön: lachen und Danke sagen! Meiner Familie zuliebe mache ich mit. Aber in diesem Jahr besonders ungern, und zwar aus folgenden Gründen:

Erstens: Meine Tochter hat mich zusammen mit Bernd eingeladen. Ja, du hast richtig gelesen: Bernd! Sie weiß noch nicht, dass das Kapitel „Bernd" schon aus und vorbei ist, weil ich bisher keinen Mut hatte, es ihr zu erzählen. Wenn sie Bernd nicht persönlich kennen würde, dann könnte ich Berti mitnehmen und als Bernd vorstellen. Aber das geht natürlich nicht. Und dass Berti das mitmachen würde, bezweifele ich. Es ist noch eine Woche bis dahin, und ich muss mir etwas einfallen lassen. Ich neige zur Wahrheit, scheue mich aber vor dem Spott meines Schwiegersohnes. Er war sowieso von Anfang an skeptisch, was Bernd betrifft.

Zweitens: Die Schwiegermutter meiner Tochter ist in diesem Jahr auch mit dabei. Sie ist vor drei Monaten Witwe geworden und sucht jetzt Trost in der Familie. Als Thomas, ihr Mann, noch lebte, verbrachten die beiden die dunkle Jahreszeit auf Bali oder den Malediven. Und glaub mir, ich habe zwar Verständnis für ihre Trauer, kann sie deshalb aber trotzdem nicht besser leiden. Ich konnte sie noch nie ausstehen. Sie gehört nämlich zu der Sorte Frauen, die sich ärmere und hässlichere Freundinnen aussuchen. Da kann sie mit ihren guten Ratschlägen glänzen, die Freundinnen trösten, ihnen ihre zu klein gewordenen Kleider schenken und vor Großzügigkeit dahinschmelzen. Erfolgreiche, schöne, glückliche Frauen hat sie gemieden, denn sie gönnte den anderen ihren Erfolg nicht. Auch zu mir war sie die ganze Zeit, seitdem wir uns kennen, auf Distanz, weil ich einen gutlaufenden Kosmetiksalon hatte und sie selbst nur die eingeheiratete Frau Doktor war. Sie hat nicht einen Tag in ihrem Leben gearbeitet, aber immer auf großem Fuß gelebt. Auch jetzt wird sie ihre Witwenrente und den geerbten Reichtum kaum ausgeben können. Und sie, die reiche Oma Renate, schenkt den Enkelkindern sündhaft teure Marken-Klamotten, womit ich, Oma Lis, nicht konkurrieren kann und will. Früher war sie beim Familientreffen nur durch ihre Pakete anwesend, dieses Jahr wird sie persönlich da sein.

Wenn ich daran denke, möchte ich am liebsten fliehen. Nur wohin? Wenn Berti nicht so untertourig ticken würde, könnte er mich fürs Wochenende nach St. Peter-Ording einladen, wo ich mit Bernd schon mal war. Dort hat es mir sehr gut gefallen.

Oh, nee, nicht dass du mich in deiner nächsten Mail tadeln wirst: „Du kennst ihn ja kaum, und wer weiß, ob er dich nicht auch auf der Rechnung sitzen lässt!"

Nein, nein. Ich hab nur ein bisschen geträumt. Ich werde nicht nochmal solch einen Fehler machen wie mit Bernd. Das verspreche ich dir.

Aber das Ganze betrübt mich doch ein bisschen. Auch Bernd ist wieder präsenter in meinem Leben geworden, weil Berti etwas über ihn herausgefunden hat und mir den Bericht vorlegen will, wie er mir in einer Mail mitgeteilt hat. Wir sollen uns übermorgen in seinem Büro treffen, da könnte er das Berufliche und Private besser trennen.

Vor diesem Termin werde ich bestimmt die halbe Nacht nicht schlafen. Einerseits will ich das Ganze mit Bernd vergessen, andererseits kränkt mich sein herabwürdigendes Abtauchen. Auch die 2.400 € tun mir immer noch weh. Schäbig ist so was. Hätte ich doch von Anfang an auf dich gehört!

„Kopf hoch", würdest du jetzt vielleicht sagen. „Gönn dir was!" Und genau das habe ich getan. Ich bin bummeln gegangen, um etwas Schönes für mich und Geschenke für die Familie zu kaufen. Vor einem Schaufenster fiel mein Blick auf ein smaragdgrünes Kleid mit halblangen Ärmeln, ein Hingucker! Ähnliches hatte ich an einer Schauspielerin in einem Rosamunde-Pilcher-Film gesehen. Es würde mir bestimmt auch gut stehen. Allein schon zu meiner Augenfarbe. Und halblange Ärmel sind bei meinen schlaffen Oberarmen, die bei jeder Bewegung mitwippen, nicht wegzudenken.

Ich traute mich, ins Geschäft zu gehen und das Kleid anzuprobieren. Es passte! Und ich sah umwerfend aus! Ich stand vorm Spiegel und dachte: Wenn Bernd mich jetzt sehen könnte! Dann würde es ihm leidtun, wie er mit mir umgegangen ist. Er würde mir hinterherlaufen und dauernd anrufen. Aber es wäre zu spät. Viel zu spät. Ich würde ihm kalt und ruhig sagen:

"Können wir uns später unterhalten? Ich bin verabredet."

Dann würde er dumm aus der Wäsche gucken.

„Alles in Ordnung bei Ihnen?" Die Verkäuferin klopfte an die Kabinentür. Mist! Bei meiner Träumerei hatte ich die Zeit vergessen und nun überlegte ich: Was für ein schönes Kleid! Ich suchte meine Lesebrille, um den Preis erkennen zu können. Das glänzende Schildchen verriet mir, dass ich es mir nicht leisten konnte: 1200 €! Noch ein letzter Blick in den Spiegel. Das Kleid war zwar sehr schön, aber bei genauerem Hinsehen kam ich darin doch nicht so gut weg: dunkle Schatten um die Augen, feine Knitterfältchen an der Oberlippe und - seit Neuestem - keine Fältchen, sondern Falten in den Mundwinkeln. Auch meine Frisur fand ich unmöglich.

Wieder auf der Straße lief mir meine Tochter über den Weg. Sie tätschelte mir die Schulter und sagte: „Mama, du siehst ziemlich mitgenommen aus. Sollen wir eine Tasse Kaffee trinken?"

Meine Tochter, die immer so beschäftigt ist und normalerweise kaum Zeit für mich hat, lud mich zum Kaffee ein. Da musste ich tatsächlich schlecht aussehen. Na gut, ich hatte auch seit dreißig Jahren keinen Liebeskummer. Ich wollte ihr nicht erzählen, was mich betrübte, ich sagte etwas frustriert: „Ich bin doch eine Großmutter von erwachsenen Enkelkindern. Da darf eine Oma auch nach Oma aussehen."

Meine Tochter blickte mich von der Seite prüfend an und lächelte: „Nicht so frustriert, Mami. Wie Frau Jahnke schon wusste: Der liebe Gott hat uns Frauen als Rache für die hohe Intelligenz ein schwaches Bindegewebe gegeben."

Haha, dass ich nicht lache. Bei dem Schlamassel mit Bernd war meine Intelligenz wahrscheinlich im Urlaub. Das sagte ich meiner Tochter natürlich nicht, denn das mit Bernd war und ist mir sehr peinlich. Gut, dass sie nicht nach ihm gefragt hat. Aber ich muss es ihr doch sagen! Nur heute nicht. Morgen. Morgen unbedingt.

Deine Lis

6.11.2018

Liebe Lis,

eine Oma darf zwar wie eine Oma aussehen, Pflicht ist das aber nicht. Schade, dass du dir das schöne Kleid nicht gekauft hast und nicht direkt nach dem Kauf zum Friseur gegangen bist. So etwas wirkt meiner Meinung nach manchmal Wunder, nicht nur äußerlich.

Den windigen Bernd würde ich getrost im Sumpf des Vergessens versinken lassen, wie es sich für einen Menschen mit diesem Namen gehört, und zwar am besten dort, wo sich Fuchs und Bärchen „Gute Nacht" sagen (so etwas in der Art habe ich dir nun schon mehrfach geschrieben!).

Interessant, dass dieser Herr Meyer Berufliches und Privates trennen möchte. Das macht ihn wirklich seriös. Und zu deinem Wunsch-Wochenende in St. Peter-Ording: Wie soll dieser Berti wissen, dass es dich dort hinzieht? Er ist doch Privatdetektiv und kein Hellseher.

Egal wie und mit wem, gönn dir eine Auszeit von der nicht informierten Familie, speziell von der großkotzigen Schwiegermutter, von vergangenen und zukünftigen Liebhabern und fahr zur Not alleine nach St. Peter-Ording. Oder nimm ein Enkelkind mit.

Und nun zu mir: Ich hatte dir ja geschrieben, dass ich die Nachbarn zum November-Wichteln einladen will, damit ich dem Franz ein paar Informationen über die geschlossene Bären-Apotheke entlocken kann.

Also habe ich vorgestern einen stimmungsvollen Einladungsbrief im Haus verteilt, jeden mit zwei selbstgebackenen Plätzchen drin und mit der Bitte um Rückmeldung, falls eine Partei nicht kommen könnte. Da sich niemand gemeldet hat, weiß ich, dass alle kommen werden. Das gehört in diesem Hause zu den ungeschriebenen Gesetzen: Man hat sich abzumelden, wenn man keine Zeit hat, sonst gibt es Ärger!

Bei sieben Parteien ist natürlich viel vorzubereiten: Den Klapptisch und die Stühle wird mir der Müller aus dem ersten Stock hochschleppen, so etwas macht er normalerweise immer. Und ich habe schon angefangen Plätzchen zu backen, das muss sein, insgesamt sind wir zwölf Personen, da ist viel zu tun. Als Vorweihnachtsdekoration werde ich mir drei silberfarbige Hirschgeweihe gönnen, teuer, aber edel.

Liebe Grüße

von deiner Gabi

PS: Deiner Tochter solltest du dringend reinen Wein einschenken, was Bernd angeht. Ich sehe da wirklich kein Problem, aber ich habe ja auch keine Kinder. Vielleicht muss ich mich da raushalten.

7.11.2018

Liebe Gabi,

den reinen Wein habe ich mir gerade selbst eingeschenkt, übrigens eine sehr empfehlenswerte Spätlese, und ich muss sagen, mir schwirrt der Kopf. Aber der Reihe nach:

Heute bin ich pünktlich zum Termin in der Detektei angekommen. Im Büro erkannte ich erhebliche Veränderungen: Es war staubfrei und sauber. Aha, hatte er eine neue Putzfrau? Die gleiche, die bei ihm zuhause putzt? Oder bemühte er sich selbst?

Du hast recht, liebe Gabi, es wird Zeit, dass ich endlich erfahre, ob er verheiratet ist. Aber wie? Ich kann doch nicht plump fragen: „Wo ist Ihre Frau?" Oder so was Ähnliches. Nein, da bin ich doch eine zu gut erzogene ältere Dame.

Kurz und gut, Berti legte einen Umschlag vor mich hin, da drüber noch ein Dokument, das ich unterschreiben sollte: ein Formular, in dem ich mich zur Verschwiegenheit in Bezug auf gerichtliche Angelegenheiten verpflichtete. Ich unterschrieb. Danach zog ich ein Schreiben mit folgendem Text aus dem Umschlag:

„Die philippinische Polizei bestätigte am frühen Nachmittag, dass ein 72-jähriger Mann aus Deutschland festgenommen wurde und sich in dem Hochsicherheitsgefängnis in der Stadt Muntinlupa nahe Manila befindet, weil die deutsche Staatsanwaltschaft Vorwürfe wegen ‚Vertragsbetrugs in hohem Maße‘ erhebt und um Auslieferung nach Deutschland ersucht."

Ich schaute Hubertus erstaunt an.

„Das ist Bernd."

Aha. Ich wusste nicht, wie ich mit dieser Information umgehen sollte. Ich stopfte den Umschlag einfach in meine Tasche und ging nach Hause. Ich wollte mich in aller Ruhe ausheulen. Ich habe schon gelesen, welche Zustände in philippinischen Gefängnissen herrschen. Dort würde Bernd nicht lange überleben. Das wünscht man nicht einmal einem Feind.

Und als ich es mir gerade im Wohnzimmer mit Taschentüchern und einem Glas Wein gemütlich gemacht hatte, klingelte es an der Tür. Der Postbote lieferte ein Einschreiben ab. Ein kleines Päckchen. Ich hatte doch nichts bestellt. Und mein Geburtstag lag in weiter Ferne. Nun, ich würde mich überraschen lassen. Ich leistete die verlangte Unterschrift und trank einen Schluck Wein, bevor ich das Päckchen öffnete. Kein Absender?

Rate mal, liebe Gabi, was drin war? Ein Scheck über 5.000 €, ein Etui mit einem Ring, den drei kleine Diamanten schmückten, und ein Zettel, auf dem mit etwas unleserlicher Schrift Folgendes notiert war: „Liebe Lis, verzeih mir bitte, das wollte ich nicht. Bitte, glaube mir. Leb wohl. Dein Bernd." Ich brach in Tränen aus. Das Lied von Luciano Pavarotti tröstete mich nur wenig.

Drei Diamanten! Solch ein Ring ist ein Symbol der Vergangenheit, Gegenwart und Zukunft und wird meistens zur Verlobung geschenkt. Wusstest du das, liebe Gabi? Hat Bernd mich etwa doch geliebt? Mir schwirrt der Kopf. Aber vielleicht nur vom Wein. Ich habe die zweite Flasche leer.

Deine Lis

12.11.2018

Liebe Lis,

schön für dich, dass der trickreiche Bernd sich doch nicht so sang- und klanglos aus dem Staub gemacht hat. So musst du nicht glauben, im letzten halben Jahr die Dumme in der „Wer lügt am besten? - Show" gewesen zu sein. Ich würde ihm auch seine unbeholfenen Sätze der Entschuldigung abnehmen. Er hätte dir ja gar keine Nachricht zukommen lassen können und so eine Menge Geld gespart. Möglicherweise möchte er jedoch, dass du dich nach seiner Überstellung nach Deutschland für ihn einsetzt, also Vorsicht! Da kann noch etwas hinterherkommen.

Noch einmal zu deinem Wunsch-Wochenende mit Herrn Meyer in St. Peter-Ording: Ich überlege gerade, wie du ihm deinen Wunsch bei eurem letzten Treffen hättest nahebringen können: „Lieber Berti, wie gerne hätte ich diesen

Umschlag mit salzigen Fingern und Sand an den Füßen im Ambassador Hotel in St. Peter-Ording geöffnet, das Rauschen des Meeres im Hintergrund!" Da hätte er auf jeden Fall gestutzt. Je nach Reaktion seinerseits hättest du das Ganze notfalls als besonders köstlichen Witz darstellen können.

Einigermaßen köstlich, aber nicht besonders witzig verlief heute unser November-Wichteln. Zur angegebenen Zeit, um 16:00 Uhr, erschienen sehr pünktlich die Nachbarn, mit Gutschein und Sträußchen, wie üblich. Franz und der dürre Papagei kamen natürlich acht Minuten später. Ich habe ganz freundlich aufgemacht und sowohl die Verspätung als auch unseren Streit mit keiner Silbe erwähnt, zumal Müllers übertrieben gelangweilte Mienen verrieten, dass sie den letzten „Bärchen-Streit" im Treppenhaus mitbekommen hatten und auf eine saftige Fortsetzung hofften. Diesen Gefallen wollte ich ihnen nicht tun, auch wenn sie – höchstwahrscheinlich – vor allem deshalb gekommen waren.

Es ging also alles ganz nett dahin, es wurde gewichtelt (fast alle hatten die erwichtelten Scheußlichkeiten aus dem letzten Jahr mitgebracht), getrunken (Kaffee, Tee und Glühwein, vor allem der Müller schlägt bei Letzterem normalerweise erheblich zu, für ihn kalkuliere ich immer zwei Flaschen extra ein) und die Plätzchen erhielten das gebührende Lob. Währenddessen überlegte ich, wie ich das Gespräch unauffällig auf die Bären-Apotheke lenken könnte. So quer über den Tisch wollte ich nicht nachfragen – Franz & Co hatten am anderen Ende der Tafel Platz genommen.

Da kam mir ein Zufall zur Hilfe. „Schon alles gepackt?", wollte Müller von Franz wissen. „Nein, nein, ich bin gerade dabei, Kisten zu organisieren, Bananenkisten", hörte ich von Franz. „Ach, ziehen Sie um?", staunte ich, wobei ich meiner Stimme tatsächlich ein leichtes Bedauern abringen konnte. „Ja, aber nicht weit, nämlich zu mir, ins Dachgeschoss. Nicht wahr, mein Bärchen?", ließ sich nun die Sonnen-Sittich vernehmen. Dabei strubbelte sie besitzergreifend durch Franzens Haare, der wieder gewaltig schwitzte

108

und meinen gutgemeinten Rat, ein effektives Deo zu nutzen, wohl in den Wind geschlagen hatte, was ich selbst am entgegengesetzten Tafelende mitbekam. Mein warnender Blick und meine gerümpfte Nase schienen ihn jedoch daran zu erinnern, denn er sprang plötzlich hoch, wobei er nicht nur den Stuhl umwarf, sondern um Haaresbreite die gute handbestickte Tischdecke aus meinem Familienbesitz mitsamt dem schönen Weihnachtsporzellan von Kaefer mitgerissen hätte, wenn ich nicht blitzschnell reagiert und die Decke an meiner Seite festgehalten hätte. „Aber Bärchen, was machst du denn da schon wieder?", zwitscherte seine Begleiterin. „Bin gleich wieder da", murmelte Franz und verließ die Wohnung im Sturmschritt, um sogleich zurückzukehren, allerdings nicht mit frischem Hemd, sondern mit einem Päckchen unterm Arm, das er mir mit schuldbewusstem Gesicht an der Tür überreichte.

„Liebe Gabi", sagte er mit gesenkter Stimme, „dieses Päckchen sollte ich Ihnen aus der Apotheke mitbringen. Herr Reiche hat es mir schon vor längerer Zeit mitgegeben, aber wegen meines Umzugs ist es leider in Vergessenheit geraten. Und da ich nicht mehr für die Apotheke fahre, habe ich auch nicht mehr dran gedacht."

„Aber das macht doch nichts", brachte ich betont gleichmütig hervor, während ich mich zwang, nicht allzu eilig nach dem Päckchen zu greifen.

„Und warum arbeiten Sie nicht mehr dort?", fragte ich nun so ganz nebenbei, während ich das Päckchen scheinbar gleichgültig auf das Regal im Flur legte, „oder ist das indiskret? Es wird doch keinen Ärger gegeben haben?"

„Nein, nein", versicherte Franz, „mit mir nicht. Aber", und nun trat er näher an mich heran und flüsterte: „Herr Reiche muss verkaufen, Haus und Apotheke, Scheidung, sie will ... ."

In diesem Moment trat die Sonnen-Sittich in den Flur und schien wenig amüsiert. „Störe ich?", schnaubte sie und funkelte mich an.

„Aber nein, Ihr Bärchen hat mir nur gerade geflüstert, dass er nicht mehr in der Apotheke arbeitet. Das sollen wohl nicht alle mitkriegen. Die Nachbarn denken sonst noch, dass der Franz nur bei Ihnen einzieht, um die Miete zu sparen. Sie wissen doch, wie die Leute so sind", entgegnete ich, wobei ich das Hochgefühl, das sich zuvor in mir ausgebreitet hatte, wohl nicht ganz verbergen konnte.

„Sieh an, sieh an", legte sie nun los, „die Bären-Apotheke muss doch etwas Besonderes an sich haben, wenn selbst sparsame Kundinnen wie Sie drei Kilometer fahren, um dort einzukaufen." Und dabei grinste sie mich perfide an.

„Kompliment", grinste ich zurück, „Sie scheinen alles im Blick zu haben, tüchtig, tüchtig. Jetzt muss ich aber doch schnell wieder zu meinen anderen Gästen", kürzte ich das Geplänkel ab.

Liebe Lis, ich hätte nicht gedacht, dass eine Vorweihnachts-Wichtelei sich so in die Länge ziehen kann ... Nach mühseligen zwei Stunden hatte sich dann der letzte Gast verabschiedet, endlich!

Das Päckchen war ganz neutral verpackt und sehr sorgsam mit Paketklebeband mehrfach umwickelt. Mit gleichmäßig geschwungener Handschrift war es „An Frau Gabi Raingold" adressiert. Ich wog das Päckchen zunächst (1147g) und öffnete es dann vorsichtig, um seinen Inhalt nicht zu beschädigen – alles übrigens, bevor ich den Tisch abgeräumt und den Boden gesaugt hatte. Und stell dir vor: Es enthielt zehn Nussplätzchen, Nussplätzchen der Konditorei Müller. Besonders bemerkenswert schien mir, dass immer zwei Plätzchen in eine kleine durchsichtige Tüte gepackt waren und dass jedes Tütchen einen beidseitig beschriebenen Zettel enthielt. „Mittwoch" las ich dort und auf der anderen Seite: „17:00 Uhr". Auf einem anderen stand „Anprobe" und auf der Rückseite „Hörgeräte & Brillen". Auf einem dritten Zettelchen war „Fußbodenheizung inbegriffen" notiert und „trotz Parkettboden" auf der Rückseite. Der vierte Zettel zeigte auf beiden Seiten eine fein gezeichnete Tasse Kaffee und der fünfte Zettel war mit Frage- und Ausrufezeichen versehen.

Ich hatte inzwischen schreckliches Herzklopfen, mir war richtig schlecht. Ich musste mich hinlegen, um mich zu beruhigen. Eins war klar: Das Päckchen war mit einer Menge Grips und Gefühl gepackt worden, und trotzdem hatte der Absender keine Antwort erhalten, keinen Brief, keine Zeile, kein Wort, und zwar zwei Wochen lang nicht. Meine Wut auf den schludrigen, dusseligen Franz, bei diesem Gedanken, lässt sich nicht in Worte fassen. Ich gönnte ihn der Sonnen-Sittich von Herzen.

Ich habe mich dann erstmal hingesetzt und dir diese Mail geschrieben und habe das Aufräumen hintangestellt. Danach werde ich hier klar Schiff machen und dann sehe ich weiter.

Deine Gabi

PS: Ich könnte immer noch platzen vor Wut!

Liebe Gabi,

heute bin ich mit Kopfschmerzen aufgewacht. Im Gegenteil zu dir und deinem Herzklopfen bin ich selbst schuld, dass es mir so schlecht geht – zu viel Alkohol konnte ich noch nie vertragen.

Über deine Wichtelgeschichte habe ich mich zwar köstlich amüsiert, mich aber auch gleichzeitig gewundert: so viel Aufwand mit Plätzchen und Glühwein für Typen wie Franz & Co und für diese neugierigen Müllers?

Meine Nachbarin, die alte Dame im Untergeschoss, die stundenlang am Fenster klebt, fragt mich ständig, was ich koche, wo ich arbeite und wer meine Gäste sind. Also, das ist auch nervig. Aber als sie eine Fahrerflucht gemeldet hat (ein geparkter Wagen wurde angefahren und der Übeltäter ist weggefahren), da waren wir alle froh. Diebe haben keine Chance bei uns, da sind wir uns einig.

Ein Gedanke geht mir nicht aus dem Kopf: Kann es sein, dass Franz auf den Apotheker eifersüchtig ist? Gab er dir das Päckchen bewusst erst nach zwei Wochen, dieser Schlawiner? Übrigens kann ich mir auch vorstellen, dass sein Umzug in die Wohnung der Sonnen-Sittich finanzielle Vorteile für ihn bringt, jetzt, wo er keine Arbeit mehr hat. Wenn er seine neue Freundin wenigstens davon überzeugen könnte, dass dein Interesse dem Apotheker und nicht ihrem Bärchen gilt, dann wird sich vielleicht ein ganz anderer Umgang zwischen euch einstellen, was gut fürs Klima im Haus wäre.

Was mich betrifft, ich muss dringend meinen Weinkonsum reduzieren. Und nicht nur das, ich muss vieles in meinem Leben ändern, das im letzten Jahr eine einzige Baustelle war. Als ich mein Geschäft vor einem Jahr aufgegeben habe, meinte ich, ich müsste unbedingt mein Leben umgestalten. Ich hatte Sehnsucht nach neuen Orten, anderen Menschen und eventuell einem Partner. Dabei bin ich gewaltig gescheitert. Ich vermisse meine Stadt, wo ich so viele Bekannte und Freunde habe, dich ganz besonders. Ich vermisse meinen Friseur, mein Lieblingsrestaurant, meine

Buchhandlung um die Ecke. Am neuen Ort musste ich erstmal Ersatz für all das finden. Die neuen Ärzte waren mit meinen Wehwehchen nicht vertraut, das ganze Spektakel mit Untersuchungen fing von vorne an: Blutwerte messen, Medikamente umstellen, eine neue Brille musste her und zur Mammografie wurde ich auch eingeladen. Und das war nicht alles: Auch die diversen An- und Ummeldungen kosteten mich zwei Wochen Zeit und ein hübsches Sümmchen.

Nein, neu ist nicht immer besser, das ist eine alte Weisheit, die mir viel zu spät eingefallen ist. Ich werde nicht noch einmal umziehen.

Aber mit guten Vorsätzen sollte ich lieber vorsichtig sein. Ich wollte die letzten dreißig Jahre kein Weihnachten mehr feiern, weil ich bei solchen Festen allein zwischen Paaren oder Familien saß. In diesem Jahr feiere ich es doch. Ich weigerte mich lange, mir einen Computer zu kaufen, und heute kämpfe ich mich durch die komplizierte digitale Welt, die inzwischen so unübersichtlich geworden ist. Obwohl sie auch ab und zu Angenehmes bietet: Mit meinem Smartphone habe ich zu jeder Zeit und an jedem Ort Bilder gemacht und -zack - um die Welt geschickt.

Aber manche Dinge ändern sich nie: Ich bin immer noch wie früher auf der Suche nach dem richtigen Kleiderstil, der richtigen Größe, die zwischen 38 und 40 pendelt, und der richtigen Frisur. Oft wasche ich mir die Haare, sobald ich vom Friseur nach Hause komme, weil sie wieder den Scheitel auf die falsche Seite geföhnt haben. Im Spiegel beim Friseur kann ich das nicht gleich erkennen, der spiegelt doch verkehrt herum. Wie viele hübsche Kleider hängen in meinem Schrank, ohne nur ein einziges Mal präsentiert worden zu sein! Die sind auf meine depressiven Stimmungsschwankungen zurückzuführen. Und manche Sachen habe ich ohne Anprobe gekauft, nach dem Motto: Sie werden schon passen. Dann passten sie doch nicht. Umtauschen? Falscher Stolz. Für den Altkleider-Container sind sie auch irgendwie zu schade. Und so hängen sie eng gedrückt im Schrank.

Wie du siehst, nicht nur meine Kleider sind gedrückt, auch meine Stimmung ist es ...

Ich melde mich später wieder bei dir.

Deine Lis

26.11.2018

Liebe Lis,

auch ich war in der letzten Zeit nicht gerade bester Laune, aber so etwas darf vorkommen, und dafür sind Freundinnen eben auch da, dass man sich mal so richtig ausweinen kann.

Zu dem Kobler: Ich glaube nicht, dass der Franz irgendetwas extra machen kann. Das traue ich ihm gar nicht zu, und das ist kein Kompliment!

Nachdem ich Richards Päckchen viel zu spät erhalten habe, bin ich in den letzten zwei Wochen jeden Tag an der Südstraße 12 (Adresse von Richard) vorbeigefahren, gestern war ich sogar zweimal da, aber nichts, kein Bild, kein Ton, eine einsame Lampe brannte seit Tagen im ersten Stock, und an der Apotheke hing ein großes Schild mit dem Hinweis: „Geschlossen".

Eben war ich noch mal dort, und siehe da: Einige kräftige Herren schleppten schwere Möbelstücke aus Richards Wohnung – unter anderem den schönen Sessel – und verluden sie in einen Lastwagen mit der Aufschrift „Möbelspedition Hennecke". Auf meine Frage „Wo geht das hin?" wurde ich ganz misstrauisch beäugt, als wollte ich mir Richards schöne Designermöbel unrechtmäßig aneignen, und hörte dann: „Nixe wissen, fragen Cheffe, keine Zeit für alte Mutter." Ich habe mir sofort die Nummer des Umzugsunternehmens notiert (steht hinten auf dem Lastwagen), um dem Inhaber einige Hinweise zu den Umgangsformen seiner Mitarbeiter zukommen zu lassen, da hat sich jedoch nur ein Anrufbeantworter gemeldet.

Schließlich habe ich, in der schwachen Hoffnung auf funktionierende Nachsendeaufträge bei der Post, Richard einen Brief geschrieben. Er musste doch erfahren , dass ich das Päckchen von dem offensichtlich überforderten Herrn Kobler erst viel zu spät erhalten hatte, dass er sonst sicherlich etwas von mir gehört hätte und dass ich jetzt keine andere Möglichkeit sähe ihn zu kontaktieren als eben mit diesem Brief, wobei mir aufgrund einer zunehmenden Weitsichtigkeit eine neue Lesebrille tatsächlich fehlen würde.

Liebe Grüße

von deiner Gabi

PS: Oder hättest du nicht geantwortet?

30.11.2018

Liebe Gabi,

ich hätte auf jeden Fall auch geantwortet, vor allem, wenn jemand mir so ein Päckchen geschickt hätte. „Dein" Apotheker scheint ein echter Romantiker zu sein. Ich denke dabei an diese herzerwärmenden Zettelchen, meiner Meinung nach sehr kreativ. Der Mann von heute greift doch üblicherweise zum Smartphone – bequem, fantasielos und langweilig. Er wird mir immer sympathischer, dieser Herr Reiche. So war die verspätete Lieferung des Päckchens vielleicht unabsichtlich eine gute Strategie. Ich bin so neugierig, wie es mit euch weitergeht!

Apropos Weiterentwicklung: Liebe Gabi, ich möchte mich jetzt ganz vorsichtig ausdrücken: Es tut sich was – du vermutest richtig – mit Berti. Ich weiß, du wirst mir wieder raten, nicht so euphorisch zu sein. Nein, bin ich nicht. Ich bin vorsichtig geworden.

Und gerade deswegen sehe ich heute den großen Unterschied zwischen Berti und Bernd. Als ich Bernd gesehen habe, war mein erster Gedanke: Wie gut er aussieht! Braungebrannt, männlich, gepflegt und mit einem Hang zum Luxus. Heute ist mir klar: Aussehen ist vielleicht nett, Charakter ist jedoch wichtiger. Bernd hat sich als Macho erwiesen. Er wickelte die Frauen mit seinem Charme um den Finger. Er wusste ganz genau, wie er bei den Frauen am besten ankam. Beruflich war er der cholerische, selbstherrliche Chef, der meinte, ohne ihn ginge die Firma den Bach runter (laut Berti, der Bernds ehemalige Sekretärin befragt hat). Er hat getrickst, Steuern hinterzogen und, sobald es gefährlich wurde, das Weite gesucht (laut Berti!).

Warum er mir noch dieses Päckchen geschickt hat, wird mir ein Rätsel bleiben. Nun bin ich um eine Erfahrung reicher, und – so leid es mir für ihn auch tut – ich wünsche Bernd, dass er aus seiner jetzigen Lage etwas lernt! Das wird ihm nicht schaden.

Berti ist anders. Erst nach seinem Unfall habe ich mich gefragt: Wie meistert er mögliche Krisen, wie Unfall oder Krankheit? Er ist nämlich in den besten Jahren für kleinere Wehwehchen. Als mein Vater in seinem Alter war, wurde er so quengelig, dass meine Mutter schon an Scheidung dachte. Bei harmlosem Schnupfen benahm er sich, als wär's bald aus mit ihm.

Berti dagegen ist tapfer. Nach drei Wochen lief er schon ohne Gehhilfen leichtfüßig und flink die Stufen zu seinem Büro im sechsten Stock hoch.

Woher ich das weiß? Ich lief mit, weil ich den Fahrstuhl immer noch meide. Außerdem konnte ich so mit Wonne seine starken Oberschenkel betrachten. Ich wusste ja inzwischen: Sie waren nicht dick, sondern muskulös. Ich musste ihn unbedingt fragen, ob er tanzen könnte. Männer, die gut tanzen können, sind auch im Bett gut, behauptet eine von meinen Freundinnen.

Ich konnte meine Gedanken nicht zu Ende denken, da drehte sich Berti zu mir um, als könne er sie lesen. Ich wurde rot. Hoffentlich dachte er, das wäre die Anstrengung, die mich erglühen ließ. Andererseits, so überlegte ich weiter, hatte dieser Trottel wohl nichts für Erotik übrig, auf jeden Fall nicht im Zusammenhang mit mir. Ich sollte meine Zeit nicht länger an jemanden verschwenden, der andere Vorstellungen und Wünsche hatte als ich. Und den ersten Schritt würde ich nicht machen.

Du kennst mich, liebe Gabi, und du weißt, dass ich in dieser Hinsicht altmodisch bin. Ich bin immer noch der Meinung, dass die Initiative von den Männern ausgehen sollte. Das Risiko, dass sie sich dabei möglicherweise einen Korb einfangen, gehört zu den Spielregeln. Aber ihre emotionale Welt ist häufig robuster als die der Frauen, glaube ich. Da müssen sie durch, nicht wahr, liebe Gabi?

Also zurück zu unserem Treffen in Bertis Büro, wo wir endlich das Kapitel Bernd abgeschlossen haben. Als ich ihn um die Rechnung bat, legte er zwei unterschiedliche Briefumschläge vor mich hin. Einer davon war in Weiß und der andere in schönem Blau mit einer silbernen Schleife. Ich erinnerte mich an deinen Rat, wie ich ihn beim Überreichen eines Umschlags mit der Nase in Richtung St. Peter-Ording stoßen könnte. Aber du kennst ja den Unterschied zwischen Theorie und Praxis ...

Meine Hände weigerten sich, nach einem der Umschläge zu greifen. Ich wollte die Illusion an eine Einladung zu einem schönen Ort so lange wie möglich aufrechterhalten.

„Mach doch auf", forderte Berti mich auf.

„Welchen denn zuerst?", fragte ich leise, weil mein Hals ganz trocken war.

„Welcher gefällt dir besser?", schmunzelte er.

Ich zeigte ihm meine Enttäuschung nicht, als ich in dem weißen Umschlag eine Rechnung ohne Summe für seine Dienste fand.

Aus dem blauen Umschlag mit der Schleife zog ich auch eine Rechnung, allerdings eine ganz andere:

„Rund-um-Versorgung nach dem Unfall: Fahrten zur Krankengymnastik, Umschläge, Massagen bei Nackenschmerzen, Einkauf und appetitliches Herrichten von Brötchen, Pizza, Kuchen und Pralinen. Großartige Assistenz, auch bei Außeneinsätzen, Gefahrenzulage: 50%."

„Du warst in allem brillant."

Das machte den Inhalt des ersten Umschlags mehr als wett. Ich wollte Berti gleich anbieten, weiter für ihn tätig zu sein, wollte mir einen Decknamen und eine kleine Pistole, natürlich aus Gold, zulegen wie die glamouröse australische Detektivin Miss Fisher. Wir würden ein großartiges Detektiv-Team abgeben.

Und dann, zu meinem eigenen Entsetzen, hörte ich mich sagen: „Ich weiß bis jetzt immer noch nichts über dich. Bist du verheiratet, geschieden, verwitwet?"

Kaum hatte ich das ausgesprochen, da merkte ich, wie mir die Röte ins Gesicht stieg.

„Seit dreißig Jahren geschieden."

Mein Herz hüpfte.

„Das tut mir leid." Ich versuchte nicht zu grinsen.

„Mir nicht." Er grinste für mich mit.

„Ich wollte dich schon seit einer Weile fragen, ob du mich zu Silvester nach St. Peter-Ording begleiten würdest."

Ich schluckte.

„Nur wenn du die Reise vorher bezahlst."

Wir lachten beide.

Deine Lis

15.01.2019

Liebe Lis,

dein Berti scheint ein echter Glücksgriff zu sein. Ob er beim Tanzen in der Seniorenklasse IV möglicherweise über die Kategorie C hinauskommt oder auch nicht, würde ich für nebensächlich halten. Er scheint sehr verlässlich, stellt sich selbst nicht in den Vordergrund und vor allem nimmt er deine Fähigkeiten wahr. Ein seltenes Exemplar! Ich vermute, dass ihr eine schöne Reise hattet, zumal ich seit sechs Wochen nichts von dir gehört habe. Du scheinst keine Zeit zu haben, was ich für ein gutes Zeichen halte.

Bei mir ist erstmal kaum etwas geschehen, bis auf die Tatsache, dass Kobler mit Müllers Hilfe mehrere Tage lang im Treppenhaus für Radau und Dreck gesorgt hat, umzugsbedingt. Deshalb habe ich auch ein Auge zugedrückt, die Ohrstöpsel benutzt und nichts gesagt. Natürlich habe ich schon sehr deutlich gemacht, dass die Umzugsaktivitä-ten bis Weihnachten abgeschlossen sein müssten. Bis auf genuscheltes Gebrummel kam keine Antwort. Und denk bloß nicht, dass die Sonnen-Sittich bei der Reinigung des Treppenhauses auch nur einen Finger krumm gemacht hätte!

Danach passierte nichts, eine ganze Weile lang, bis auf die tägliche Routine wie Reha-Sport, Ehemaligentreffen, Doppelkopfrunden und derlei mehr, alles aber öde.

Von Richard hörte ich nichts, ich konnte es ihm nicht verdenken. Ich wusste ja nicht einmal, ob mein Brief ihn erreicht hatte. Diese Ungewissheit nagte an mir, sogar er-heblich und beständig, ehrlich gesagt.

Weihnachten mit den üblichen Routineanrufen glitt auch so vorbei. Nach Weihnachten ging dann nebenan die Post ab. Es wurde wirklich laut. Eine Parkettschleifmaschi-ne rumorte ab 8:00 morgens, Staub quoll aus allen Ritzen. Ich habe schließlich bei Schneiders angerufen und gefragt, was das denn wohl sollte, dieser Krach zwischen den Jahren. Die Wohnung sei verkauft, teilte Frau Schneider mir mit, wobei ihre Stimme sich fast überschlug, sie muss einen sehr guten Preis erzielt haben – bei der jetzigen Nachfrage nach Immobilien, aufgrund der Null-Zins-Politik, kein Wunder. Sie würden sich jetzt ein Ferienhaus an der Küste kaufen, an der Ostsee, ihr Mann hätte leider in letzter Zeit diese Schuppenflechte ... Den Rest erspare ich dir.

Auf meine Nachfrage, wer die Wohnung gekauft hätte, blieb Frau Schneider etwas kurz. Darum habe sich ihr Mann gekümmert. Aber eins sei klar: Nur seriöse und solvente Personen seien in die engere Wahl gekommen, das sei doch selbstverständlich! Und – natürlich – keine mit kleinen Kindern oder mit Hunden!

Ein paar Tage später – inzwischen war die Parkett-schleifmaschine verstummt – sah ich, dass ein jüngerer Herr im Blaumann an der Tür hantierte. Etwas später, als ich den Abfall entsorgen wollte, bemerkte ich, dass er ein Schild an der Tür angebracht hatte, ein Namensschild. Nun gut, das hatte Zeit, auf jeden Fall würde es kein mittelloser Geiger sein, das war ja auch etwas wert. Ich brachte also in aller Ruhe den Abfall nach unten und musste zu meinem Ärger feststellen, dass die gelbe Tonne mit Plastikmüll verstopft war, höchstwahrscheinlich umzugsbedingt. Desgleichen die Papiertonne mit Tapetenresten! Mühsam stopfte ich meinen Abfall in die Restmülltonne und beschloss, mit den neuen Eigentümern gleich mal Klartext zu reden.

Als ich mit dem geleerten Abfalleimer vor der Tür der Nachbarwohnung stand, hatte ich schon geklingelt, mehrfach geklingelt, bevor mein Blick auf das Namensschild fiel: „R.Reiche" stand dort, mit schönen Buchstaben in eine Metallplatte eingraviert. Ein Schock! Ich drehte mich um und versuchte so schnell wie möglich in meine Wohnung zu gelangen, ich kam aber nicht bis dahin, sondern musste mich zwischendurch am Geländer festhalten, weil mir schlecht wurde. Da hörte ich hinter mir Schritte, jemand stütze mich an den Schultern ab, und eine bekannte Stimme flüsterte mir ins Ohr: „Zu Risiken und Nebenwirkungen von Nussplätzchen und Hörgeräten ... ."

...

Danach, liebe Lis, hatte ich erstmal keine Zeit mehr zum Schreiben. Deshalb hast du die Mail auch erst jetzt erhalten. Ich melde mich demnächst wieder.

Deine Gabi

Milla Dümichen, Jahrgang 1952, ist eine deutsche Autorin mit russisch-georgischen Wurzeln. Ihr Lebensweg führte sie als Vierzigjährige mit ihrer deutschstämmigen Mutter nach Deutschland. In ihren ersten zwei Büchern „Bittere Bonbons" und „Pustekuchen und andere Delikatessen" schildert sie Berührendes und Amüsantes ihres bewegten Lebens in ihrer neu erlernten deutschen Sprache. Getreu ihrem Motto „Die besten Geschichten erzählt das Leben" nimmt sie Leser und Zuhörer mit auf ihre Zeitreise.

In ihrem dritten Buch „Herbstrauschen" begleitet die Autorin ihre Protagonistin Ella auf ihrer Suche nach dem passenden Partner, mit klarem Blick auf die häufig unbarmherzigen Alltäglichkeiten. Eva von Kleist lektorierte „Herbstrauschen", und dabei fanden beide schnell Berührungspunkte und wagten das gemeinsame Projekt „Spätlese & Eiswein".

Eva von Kleist, geboren 1952 in Iserlohn und auf-
gewachsen in städtischem Ambiente, fühlte sich seit
Kindesbeinen zum Landleben hingezogen. Inzwischen
lebt sie mit ihrem Mann auf einem Resthof in Welver.

Nach ihrem Studium in Münster unterrichtete sie
von 1980 bis 2017 die Fächer Deutsch, Literatur und
Sozialwissenschaften.

Eva von Kleist schreibt Kurzgeschichten und Erzählungen. 2019 schloss sie sich den BördeAutoren an
und gestaltet seitdem auch das Soester Magazin „Füll-
horn" mit.

2020 erschienen:

- „Lebenslagen", eine Sammlung von Kurzgeschichten und Erzählungen,
- „Spätlese & Eiswein", 1. Teil, ein E-Mail-
  Roman, in Zusammenarbeit mit Milla Dümichen.

Leseproben:

Eva von Kleist

ISBN: 9783752625882

Besuch von Frau Z.

Eines Abends klingelte es an meiner Tür. Meine Besucherin stellte sich als Frau Z. vor. „Z wie Zauber?", fragte ich. „Nein, nein", dabei hob sie abwehrend die Hände, „Z wie Zeit. Und Sie sind Herr F wie Fenster?" „Aber ich bitte Sie, das ist mein Nachbar. Ich bin Herr F wie Frei." „Aha", meinte sie und glitt mit prüfendem Blick an mir vorbei in die Wohnung. „Suchen Sie etwas?", keuchte ich hinter ihr her, kaum in der Lage, ihrem Tempo zu folgen. „Besitzen Sie Totschläger oder anderes, was mir gefährlich werden könnte?" Dabei musterte sie – kritisch? – ich konnte es nicht genau sehen – meine Spielesammlung, neben der sich zahlreiche Rätsel- und Sudokuhefte stapelten, seit meiner Pensionierung treue Begleiter an langen Winterabenden. „Gott bewahre, was soll ich denn damit?", wehrte ich ab.

„Nun, gut", meinte Frau Z. mit undurchdringlicher Miene. „Möchten Sie mich nicht auf eine Tasse Tee einladen?" „Selbstverständlich! Wie ungeschickt von mir", stammelte ich verlegen, und während ich die Tassen auf den Tisch stellte und den Wasserkocher betätigte, stellte ich fest, dass alles an der Dame kostbar war: der Schimmer ihrer wie von zarter Brise sich kräuselnden Locken, der tiefe Blick ihrer Augen, die unablässig die Farbe zu ändern schienen, die Nase mit den etwas asymmetrisch geformten bebenden Flügeln, die beweglichen Lippen, die sehr gesund wirkende weiße, ebenmäßige Zähne sehen ließen, die Kleidung aus feinstem Stoff, keiner Mode unterworfen, und ich fragte mich, womit ich ihren Besuch verdient hatte. Geplagt von derlei Unsicherheit gelang es mir nicht, ein zartes Band leichter und doch geistreicher Unterhaltung zwischen uns zu knüpfen, schwerfällig, beinahe hölzern reihten sich die Sätze wie zähe Knüppel hintereinander, so dass mein Gegenüber mit zunehmend missmutiger Miene fragte: „Wollen Sie mich vertreiben?" „Gott bewahre", wiederholte ich mich, „aber können Sie nicht mal einen Moment stillsitzen? Sie machen mich ganz nervös mit Ihrer permanenten Rumzappelei." „Das wollen Sie nicht wirklich", hauchte die Dame und verschwand, und bis heute weiß ich nicht, ob ich das alles nur geträumt habe.

Milla Dümichen

ISBN: 9783750400177

Mit Leo hat Ella erst wochenlang telefoniert, bevor sie seine Einladung zum Essen angenommen hat. Leo ist locker, charmant und humorvoll. Und er weiß, was er will.

„Ich hoffe, du hast nicht zu anspruchsvolle Anforderungen an einen Mann", meint er mit fragendem Unterton und schaut verschmitzt auf seine Bestellung: ein Glas Wein und Salat.

Ella bestellt ein Steak. Sie hat sich den ganzen Tag auf den Abend gefreut und ihren Hunger für den Restaurantbesuch aufgespart. Leo hat sie in ein Nobelrestaurant eingeladen! Das passiert Ella nicht jeden Tag.

Als das Steak auf den Tisch kommt, sticht sie ihre Gabel ins saftige rosafarbene Stück Fleisch und schiebt es sich genüsslich in dem Mund. Ein Schluck Wein, ein Bissen, noch ein Schluck Wein, noch ein Bissen... Irgendwann schaut sie ihr Gegenüber an und verschluckt sich beinahe.

Leo mustert sie fast angeekelt und seine Hand umfasst den Stiel seines Weinglases. Ella greift hastig zu ihrer Serviette und wischt ihre fettigen Lippen ab. Das Steak ist noch nicht mal zur Hälfte aufgegessen, aber in diesem Moment weiter zu essen, scheint ihr unmöglich. Erst jetzt erinnert sie sich, dass Leo erwähnte, er sei seit zehn Jahren Vegetarier.

„Ich esse kein Fleisch, keine Getreideprodukte, keinen weißen Zucker, nur manchmal Agavensirup. Ich kaufe keine Fertigprodukte. Ich koche selbst und nur aus Bioprodukten." Er erzählt lange und ausführlich, wie man sich gesund ernähren soll. Bei Ella hieß bis jetzt Ernährung umstellen: Chips weglassen, weniger Kohlehydrate essen und abends Trennkost. Leo redet über Eco-Bilanz. Dabei fällt das Wort *Nachhaltigkeit*. Ella weiß, was er meint: „Gewiss möchtest du dich jetzt mit mir über den CO^2-Rucksack und den ökologischen Fußabdruck unterhalten." Leo stutzt kurz, um dann aber mit erhobener Stimme fortzufahren: „Die Herstellung von einem Kilo Rindfleisch belastet das Klima etwa in einer ähnlichen Weise wie eine Autofahrt von 250 Kilometern! Deshalb habe ich auch kein Auto und keinen Führerschein. Außerdem wohne ich in einer WG."

Als Ella ihn fragt, wer seine Mitbewohner sind, antwortet er etwas zögernd: „Meine Eltern."

Ups... mit über 50 lebt er immer noch bei der Mama?

Leo schaut mit Abscheu auf ihr Essen und sagt mit Verachtung: „Das kann nicht schmecken ...das kann ja nicht gesund sein..."

Ella will protestieren: „Doch, ich habe hervorragende Blutwerte, kontrolliere regelmäßig meine Vitaminwerte, und meine Ärztin meint, dass diese Werte für mein Alter gut sind." Aber sie fühlt sich unwohl und ertappt und schweigt ..

ISBN: 9783961119318

Deutsche Sprache – schwere Strafe

Eine Bekannte sagte neulich zu mir: „Du sprichst aber gut Deutsch!" Ihr Lob tat mir gut. Wenn ich daran denke, dass ich Deutsch erst mit 40 Jahren lernen musste, dann bin ich stolz auf mich. Irgendwo habe ich gelesen, dass die Germanen ursprünglich vor ca.10.000 Jahren aus dem Ural kamen und sich Jahrhunderte lang westwärts bis zum *Schwäbischen Meer* verbreiteten. Hinter dem Ural bin ich geboren. Vielleicht half mir das?

Das ist natürlich nicht ernst gemeint, aber genau in diesem Moment denke ich daran, wie viele Wörter deutscher Herkunft in der russischen Sprache zu finden sind. Im 16. Jahrhundert kamen viele Deutsche nach Moskau. Einige waren vom Zar angeworben, meist Ärzte, Lehrer, Militärpersonen oder Kaufleute. Viele deutsche Wörter wurden von den Russen aufgegriffen und sind bis heute im Umlauf: *Бутерброт* – Butterbrot, *галстук* – Halstuch, курорт – Kurort, шнур – Schnur, шахта – Schacht, штрек – Strecke.

Früher habe ich mir darüber keine Gedanken gemacht, bis ich 1992 nach Deutschland kam. Dass Deutschlernen so schlimm werden würde, hatte ich nicht gedacht. Sofort belegte ich einen Sprachkurs. Als nach vier Wochen kein Erfolg zu spüren war, suchte ich mir Arbeit. Dort werde ich gefordert, dachte ich mir.

Doch ein Jahr am Fließband brachte mich auch nicht weiter. 80 Prozent der Belegschaft stammte aus Afrika, Bulgarien, Polen, aus der Türkei und sogar aus Vietnam. So konnte es nicht weiter gehen. Ich suchte mir einen anderen Job.

Ein Seniorenheim ganz in der Nähe brauchte eine Aushilfe. Zu meinem Erstaunen stellten sie mich trotz meiner mangelhaften Deutschkenntnisse ein. Hier konnte ich endlich die Sprache lernen. Kollegen und Patienten verwickelten mich in Gespräche, ohne Gedanken daran zu verschwenden, ob ich sie verstehe. Da ging es mit dem Deutschlernen zügig voran. Allerdings nicht ohne Pannen.

Jeden Abend schrieb ich einen Bedarfszettel. Als die Chefin an einem Morgen um sechs Uhr früh den Zettel im Keller las, weckte sie mit ihrem lauten Lachen auch den letzten Bewohner. Ihr Mann machte sich Sorgen und eilte zu ihr. Tränen wegwischend, entschuldigte sie sich bei mir. Ich hatte statt Hundefutter *Futterhunde* notiert!

Noch eine halbe Stunde später sagte jemand: „Haben wir jetzt *Futterhunde* oder nicht?" Und schon bogen sich wieder alle vor Lachen. Zunächst hatte ich es als Blamage empfunden, aber dann lachte ich einfach mit. Ich hatte gelernt, mit solchen Situationen umzugehen und suchte Kontakt zu Menschen. Ich wünschte mir, in meiner neuen Heimat angekommen zu sein, Freunde zu haben, mit denen ich lachen und feiern konnte.

Ich wollte in die Gesellschaft aufgenommen werden, Fragen nicht nur mit einem kurzen Ja oder Nein beantworten, sondern lebendig diskutieren. Indem ich über meine manchmal komisch klingenden Fehler selbst gerne lachte, legte ich die Scheu ab, deutsch zu sprechen. Sehr selten hatte ich das Gefühl, wegen meiner Sprache abgelehnt zu werden, und ich bat alle meine Bekannten und Kollegen ausdrücklich, mein Deutsch zu korrigieren. Aber noch heute gelingen mir fast täglich neue Lacherfolge.

Beim Einkaufen möchte ich gern mein Lieblingsbrot mitnehmen. „Sollen wir wieder *Pimpernuckel* kaufen?", frage ich meinen Mann, der vor mir geht. Seine zuckenden Schultern verraten es mir. Schon wieder habe ich etwas Falsches gesagt.

Am letzten Freitag probierte mein Mann Schuhe im Schuhgeschäft an, zieht die Hosen etwas in die Höhe und fragt mich, ob es gut aussehe. „Lass doch die Hose runter", fordere ich ihn auf. „Das hättest du wohl gern", schmunzelt er. Hinter uns erschallt lautes Lachen. Es ist mir zwar peinlich, aber ich lache tapfer mit. Mein Mann ist mir eine große Hilfe, aber manchmal beschert er mir solche Lachnummern.

In meinem Kosmetik- und Fußpflege-Studio zeigte mir eine alte Dame ihre Füße und erzählte mir, dass sie selbst versucht habe, ihre Probleme zu lösen. Ich riet ihr, nächstes Mal sofort zu mir zu kommen, anstatt selbst an ihren Füßen herumzufummeln. Ihr Gesicht wurde ernst, sie richtete ihre Schulter gerade auf und sagt mir: „Sie sprechen aber gut deutsch!" Ich merke, irgendwie ist sie jetzt anders gelaunt, verstehe aber nicht warum. Zuhause werde ich freundlich, aber bestimmt aufgeklärt: „Ladylike ist das nicht." – „Aber du sprichst doch auch so," werfe ich meinem Mann vor.

Wir greifen oft zum Duden, um Wörter richtig zu benutzen. Wenn ich dann sehr frustriert über meine schiefe Ausdrucksweise bin, tröstet er mich damit, wie sich in seiner Schulzeit in den 60-er Jahren Schüler bemühten, die deutsche Sprache zu verunstalten. Sie gingen *im* statt *ins* Bett, und sie waren *am Spielen dran.* Es scheint also nicht nur mein Problem zu sein: Deutsche Sprache, schwere Strafe.

In diesem Sinne: *Mein* und *dein* verwechsele ich nicht, das kommt bei *mich* nicht vor!

Pustekuchen

und

andere

Delikatessen

Milla Dümichen

ISBN: 9783752867244

Meine Mutter wurde mit 75 Witwe. Sie vergaß zwar ihren Mann nicht, aber ihre Erinnerungen an den Verstorbenen vereinnahmten sie auch nicht. Die Behauptung, „Zeit heilt alle Wunden" trifft in ihrem Fall zu. Sie schloss sich einer Gruppe alter Damen an, die trotz ihres Witwendaseins nicht die Lebenslust verloren haben und ihr Leben weiter genossen.

Ich freute mich sehr für meine Mutter und hoffte, ab diesem Tag fängt ein neues, schöneres Leben für sie an.

Meine – und sicher auch ihre – Erwartungen sollten sich erfüllen. Ab sofort ging sie regelmäßig zum Frisör. Auch Schoppen gehen wurde zu ihrer Leidenschaft. Mal eine schöne Bluse kaufen, ein passendes Tuch oder sogar eine Brosche. Bisher hatte sie erst immer auf das Preisschild geschaut und manches Teil, obwohl es ihr gefiel, sofort zur Seite gelegt. Früher achtete sie darauf, dass wir, ihre Kinder, gut angezogen waren. Jetzt war endlich sie dran.

Sie entdeckte, dass solche einfachen Dinge, wie Schoppen und drei Mal pro Woche mit ihren Freundinnen Kaffee trinken gehen, auch glücklich machen können.

Und wenn ab und zu Männer dabei waren und mit ihr flirteten, wurde sie rot und fühlte sich wie ein kleines Mädchen, das bei einer Dummheit ertappt wurde.

Umso mehr freute ich mich, als diese neue Freiheit sie wie ein Rausch mitgerissen hatte. Körperlich und geistig ging es ihr gut, und jetzt gewann sie zusätzlich lebenslustige Freundinnen, die „noch alle Tassen im Schrank hatten", wie sie mit lautem Lachen verkündete, und auch sonst noch geistige Frische aufwiesen. Kleine Wehwehchen hatten sie alle, aber es war selten das Thema für diese fünf Damen.

Ich hatte das Glück, sie alle kennenzulernen.

Frau Schumann war eine reiche Witwe, besaß Anteile einer Fabrik und ließ es sich mit dem Erbe gut gehen. Die Eleganteste war sie allerdings nicht, und scheinbar legte sie auch keinen Wert auf ihr Aussehen. Sie trug mit Stolz, wenn auch etwas gebückt, ihre nach Motten riechenden schweren Pelzmäntel. Manchmal, erzählte mir meine Mutter, kam sie auch im Sommer in ihrem veralteten und zu eng gewordenen Persianermantel zu ihrem Stammtisch!

Aus Sparsamkeit ließ sie ihre Haare nur alle paar Monate beim Frisör waschen und drehen. In der Übergangszeit lief sie mit einem Vogelnest auf dem Kopf herum. Sie hatte immer noch ganz dickes Haar. Ihr prall gefülltes Portmonee und Bankkonto hoben ihr Selbstwertgefühl und ließen solche Kleinigkeiten nebensächlich erscheinen.

Marga, ein sehr kleines und mageres Persönchen, hatte fast eine Glatze und trug eine Perücke. Sie legte sehr viel Wert auf ihr Aussehen und litt unter ihren vielen Falten, die ihr Gesicht in eine Kraterlandschaft verwandelten.

Als ich in meinem Kosmetikstudio eine Präsentation eines Laser-Gerätes veranstaltete, kam sie unerwartet dazu. Sie nahm den Veranstalter in Beschlag und löcherte ihn mit Fragen, wie sie ihre Falten loswerden könne. Sie erzählte, wie viele Anti-Falten-Cremes sie sich schon ins Gesicht geschmiert habe, leider ohne Erfolg. Frustriert dachte Marga bereits über die Aufnahme eines beachtlichen Krediten für eine Botox-Behandlung nach.

Der Veranstalter erklärte ihr zum x-ten Mal, dass sich dieses Gerät für eine dauerhafte Haarentfernung eignet, für Pigmentfleckenbehandlung, Akne und Couperose, aber nicht für eine Faltenbehandlung. Aber sie ließ sich nicht abwimmeln. Sie nahm Platz in der Behandlungsliege und wollte nicht aufstehen, bevor ihr nicht eine Hautdiagnose gestellt würde und sie Behandlungsvorschläge erhielte.

Es wäre unhöflich gewesen, eine 86-jährige Dame vom Stuhl zu jagen. So entschied sich der Veranstalter, die Dame doch noch aus der Nähe anzuschauen.

Was er an ihr entdeckt hatte, war für das nächste halbe Jahr Gesprächsstoff unter Fachleuten. Er konnte nicht anders, er musste lachen! Marga hatte überflüssige Haut an ihrem Gesicht zusammengerafft und sie hinter dem Ohr mit einem Klebeband befestigt.

Diese eitle alte Dame!